415-1A-197

CARNETS

ALBERT CAMUS

OCT 12 1972

Carnets

[t. 1]

mai 1935 - février 1942

GALLIMARD

Il a été tiré de l'édition originale de cet ouvrage quatre-vingt-dix exemplaires sur vélin de Hollande van Gelder numérotés de 1 à 90, et trois cent dix exemplaires sur vélin pur fil Lafuma-Navarre numérotés de 91 à 400.

PQ
2605
.A37Z5
1962
V.1

Tous droits de traduction, de reproduction et d'adaptation réservés pour tous les pays, y compris l'U. R. S. S.
© 1962, Éditions Gallimard.

De 1935 à sa mort, Albert Camus a tenu ce qu'il appelait ses Cahiers. Nous avons choisi le titre de « Carnets » pour ne pas entraîner de confusion avec « Les Cahiers Albert Camus » en préparation. Pour la période qui va de 1935 à 1953, il avait pris le soin de faire établir une copie dactylographiée : la comparaison avec le manuscrit original montre que l'auteur n'avait apporté à ce dernier que fort peu de retouches. Ces Cahiers, au nombre de sept, feront la matière de trois volumes. Ce premier volume reproduit intégralement les notes qu'Albert Camus écrivit de 1935 à 1942 et qui, sans constituer un journal à proprement parler, présentent une continuité suffisante pour que le lecteur y trouve l'essentiel de la réflexion qui accompagna l'élaboration d'œuvres allant de L'Envers et l'Endroit *à* L'Etranger *en passant par* Noces *et* Le Mythe de Sisyphe. *Il est apparu utile d'ajouter à ces pages des renseignements biographiques nécessaires à leur intelligence et des notes qui signalent des correspondances avec les ouvrages rappelés ci-dessus. M. Roger Quilliot a bien voulu se charger de la rédaction de ces notes.*

Mme Albert Camus, MM. Jean Grenier et René Char ont donné leur assentiment à cette publication.

Notes biographiques

1934 Premier mariage.
Adhésion au Parti communiste.

1935 Albert Camus a 22 ans.
Juin 1935 — 4e Certificat de licence — licence ès lettres (philosophie).
S'occupe activement de la « Maison de la Culture » et fonde le « Théâtre du Travail » rattaché à celle-ci.
Rédaction collective de *Révolte dans les Asturies.*

1936 Mai 1936 — diplôme d'études supérieures sur « Néo-platonisme et pensée chrétienne ».
Eté 36 — Voyage en Autriche — retour par Prague et l'Italie.
Se sépare de sa femme.
S'occupe toujours du « Théâtre du Travail ».

1937 Eté 37 — Voyage en France pour raison de santé — en août à Paris — puis un mois à Embrun — passe quelques jours en Italie avant de rejoindre Alger en septembre.
Septembre 37 — Nommé professeur à Sidi-Bel-Abbès — refuse le poste.
Rupture définitive avec le Parti communiste.

Création du « Théâtre de l'Equipe » — indépendant — qui continue le « Théâtre du Travail ».

1938 Pascal Pia vient à Alger pour créer *Alger-Républicain.* A. Camus y fait ses débuts dans le journalisme. Il y occupe successivement toutes les fonctions depuis la rédaction des faits divers jusqu'à l'éditorial, et la chronique littéraire. Il se consacrera surtout aux grands procès et aux reportages (*Misère de la Kabylie* — repris dans *Actuelles III*).

1939 Activités du « Théâtre de l'Equipe ».

Septembre 39 — Essaie de s'engager — Il est refusé par le conseil de révision.

Alger-Républicain se transforme en *Soir-Républicain* — fréquemment censuré.

1940 Disparition d'*Alger-Républicain.*

Printemps 40 — A. Camus rejoint Pascal Pia à Paris. Celui-ci le fait entrer comme secrétaire de rédaction à *Paris-soir* (il ne voulait plus faire que des besognes techniques dans le journalisme).

Juin 40 — L'exode avec *Paris-soir* — Clermont-Ferrand — Bordeaux — puis Lyon.

Décembre 40 — Second mariage.

1941 Rejoint Oran en janvier — Enseigne dans une école privée — Fréquents séjours à Alger où il essaie de ranimer le « Théâtre de l'Equipe ».

Ouvrages écrits entre 1935 et 1942

ROMANS ET ESSAIS

LA MORT HEUREUSE (non publié).
L'ENVERS ET L'ENDROIT. Charlot, 1937. Ecrit en 1935-36.
NOCES. Charlot, 1938. Réédité en 1947 par Gallimard. Ecrit en 1936-37.
LE MINOTAURE OU LA HALTE D'ORAN. Charlot, 1950. Repris dans *L'Eté*. Ecrit en 1939.
L'ÉTRANGER. Gallimard, 1942. Terminé en mai 40.
LE MYTHE DE SISYPHE. Gallimard, 1942. Achevé en février 1941.

THÉATRE

RÉVOLTE DANS LES ASTURIES. Création collective en 1935. Publié par Charlot.
CALIGULA. Gallimard, 1944. Ecrit en 1938.

Pièces jouées par « Le Théâtre du Travail »
puis Théâtre de l'Equipe
entre 1935 et 1939

LE TEMPS DU MÉPRIS	A. Malraux (*adaptation de A. Camus*)
LE PAQUEBOT TENACITY	Ch. Vildrac
LE RETOUR DE L'ENFANT PRODIGUE	A. Gide
LA FEMME SILENCIEUSE	Ben Jonson
LE PROMÉTHÉE	Eschyle
LES FRÈRES KARAMAZOV	Dostoïevsky
DON JUAN	Pouchkine
LES BAS-FONDS	Gorki
LA CÉLESTINE	Fernando da Rojas
LE BALADIN DU MONDE OCCIDENTAL	Synge

CAHIER N° I

mai 1935
septembre 1937

Mai 35.

Ce que je veux dire :

Qu'on peut avoir — sans romantisme — la nostalgie d'une pauvreté perdue. Une certaine somme d'années vécues misérablement suffisent à construire une sensibilité. Dans ce cas particulier, le sentiment bizarre que le fils porte à sa mère constitue *toute sa sensibilité*[1]. Les manifestations de cette sensibilité dans les domaines les plus divers s'expliquent suffisamment par le souvenir latent, matériel de son enfance (une glu qui s'accroche à l'âme).

De là, pour qui s'en aperçoit, une reconnaissance et donc une mauvaise conscience. De là encore et par comparaison, si l'on a changé de milieu, le sentiment des richesses perdues. À des gens riches le ciel, donné par surcroît, paraît un

1. Ce texte, où apparaît le thème de la mère (*L'Étranger, Le Malentendu, La Peste*) est sans doute la première formulation de l'essai intitulé *Entre oui et non*, dans *L'Envers et l'Endroit.*

don naturel. Pour les gens pauvres, son caractère de grâce infinie lui est restitué.

A mauvaise conscience, aveu nécessaire. L'œuvre est un aveu, il me faut témoigner. Je n'ai qu'une chose à dire, à bien voir. C'est dans cette vie de pauvreté, parmi ces gens humbles ou vaniteux, que j'ai le plus sûrement touché ce qui me paraît le sens vrai de la vie. Les œuvres d'art n'y suffiront jamais. L'art n'est pas tout pour moi. Que du moins ce soit un moyen.

Ce qui compte aussi, ce sont les mauvaises hontes, les petites lâchetés, la considération inconsciente qu'on accorde à l'autre monde (celui de l'argent). Je crois que le monde des pauvres est un des rares, sinon le seul qui soit replié sur lui-même, qui soit une île dans la société. A peu de frais, on peut y jouer les Robinson. Pour qui s'y plonge, il lui faut dire « là-bas » en parlant de l'appartement du médecin qui se trouve à deux pas.

Il faudrait que tout cela s'exprime par le truchement de la mère et du fils.

Ceci dans le général.

A préciser, tout se complique :

1) Un décor. Le quartier et ses habitants.

2) La mère et ses actes.

3) Le rapport du fils à la mère.

Quelle solution. La mère ? Dernier chapitre : la valeur symbolique réalisée par nostalgie du fils ? ? ?

*

Grenier[1] : nous nous mésestimons toujours. Mais pauvreté, maladie, solitude : nous prenons conscience de notre éternité. « Il faut qu'on nous pousse dans nos derniers retranchements. »

C'est exactement cela, ni plus, ni moins.

*

Vanité du mot expérience. L'expérience n'est pas expérimentale. On ne la provoque pas. On la subit. Plutôt patience qu'expérience. Nous patientons — plutôt nous pâtissons.

Toute pratique : au sortir de l'expérience, on n'est pas savant, on est expert. Mais en quoi ?

*

Deux amies : l'une et l'autre très malades. Mais l'une, des nerfs : une résurrection est toujours possible. L'autre : tuberculose avancée. Aucun espoir.

Un après-midi. La tuberculeuse au chevet de son amie. Celle-ci :

— Vois-tu, jusqu'ici, et même dans mes pires

1. Jean Grenier, qui fut le professeur de philosophie de Camus, a exercé sur lui une influence profonde dont témoignent, outre l'amitié que les deux hommes se sont toujours portée, la dédicace de *L'Envers et l'Endroit* et du *Désert* (dans *Noces*), ainsi que la dernière édition des Iles de Jean Grenier.

crises, quelque chose me restait. Un espoir de vie très tenace. Aujourd'hui il me semble qu'il n'y a plus rien à espérer. Je suis si lasse qu'il me semble que je ne me relèverai jamais.

Alors, l'autre, un éclair de joie sauvage dans les yeux, et lui prenant la main : « Oh ! nous ferons le grand voyage ensemble. »

Les mêmes — la tuberculeuse mourante, l'autre presque guérie. Elle a pour cela fait un voyage en France pour essayer une nouvelle méthode.

Et l'autre le lui reproche. Elle lui reproche apparemment de l'avoir abandonnée. Au vrai, elle souffre de la voir guérie. Elle avait eu cet espoir fou de ne pas mourir seule — d'entraîner avec elle son amie la plus chère. Elle va mourir seule. Et de le savoir nourrit son amitié d'une haine terrible.

*

Ciel d'orage en août. Souffles brûlants. Nuages noirs. A l'est pourtant, une bande bleue, délicate, transparente. Impossible de la regarder. Sa présence est une gêne pour les yeux et pour l'âme. C'est que la beauté est insupportable. Elle nous désespère, éternité d'une minute que nous voudrions pourtant étirer tout le long du temps.

*

Il est à son aise dans la sincérité. Très rare.

*

Important aussi le thème de la comédie. Ce qui nous sauve de nos pires douleurs, c'est ce sentiment d'être abandonné et seul, mais pas assez seul cependant pour que « les autres » ne nous « considèrent » pas dans notre malheur. C'est dans ce sens que nos minutes de bonheur sont parfois celles où le sentiment de notre abandon nous gonfle et nous soulève dans une tristesse sans fin. Dans ce sens aussi que le bonheur souvent n'est que le sentiment apitoyé de notre malheur.

Frappant chez les pauvres — Dieu a mis la complaisance à côté du désespoir comme le remède à côté du mal.

*

Jeune, je demandais aux êtres plus qu'ils ne pouvaient donner : une amitié continuelle, une émotion permanente.

Je sais leur demander maintenant moins qu'ils peuvent donner : une compagnie sans phrases. Et leurs émotions, leur amitié, leurs gestes nobles gardent à mes yeux leur valeur entière de miracle : un entier effet de la grâce.

*

... Ils avaient déjà trop bu et voulaient manger. Mais c'était soir de réveillon et il n'y avait plus de places. Econduits, ils avaient insisté. On les avait mis à la porte. A ce moment, ils avaient frappé à coups de pied la patronne qui était enceinte. Et le patron, un frêle jeune homme blond, avait pris une arme et fait feu. La balle s'était logée dans la tempe droite de l'homme. C'était sur la plaie que la tête s'était retournée et reposait maintenant. Ivre d'alcool et d'effroi, son ami s'était mis à danser autour du corps.

L'aventure était simple et s'achèverait demain par un article du journal. Mais, pour l'instant, dans ce coin reculé du quartier, la lumière rare sur le pavé gras de pluies récentes, les longs glissements mouillés des autos, l'arrivée espacée de tramways sonores et illuminés, donnaient un relief inquiétant à cette scène d'un autre monde : image doucereuse et insistante de ce quartier quand la fin du jour peuple d'ombres ses rues ; quand, plutôt, une seule ombre, anonyme, signalée par un sourd piétinement et un bruit confus de voix, surgit parfois, inondée de gloire sanglante, dans la lumière rouge d'un globe de pharmacie.

*

Janvier 36.

Ce jardin de l'autre côté de la fenêtre, je n'en vois que les murs. Et ces quelques feuillages où coule la lumière. Plus haut, c'est encore les feuillages. Plus haut, c'est le soleil. Et de toute cette jubilation de l'air que l'on sent au dehors, de toute cette joie épandue sur le monde, je ne perçois que des ombres de feuillages qui jouent sur les rideaux blancs. Cinq rayons de soleil aussi qui déversent patiemment dans la pièce un parfum blond d'herbes séchées. Une brise, et les ombres s'animent sur le rideau. Qu'un nuage couvre, puis découvre le soleil, et voici que de l'ombre surgit le jaune éclatant de ce vase de mimosas. Il suffit : cette seule lueur naissante et me voici inondé d'une joie confuse et étourdissante.

Prisonnier de la caverne, me voici seul en face de l'ombre du monde. Après-midi de janvier. Mais le froid reste au fond de l'air. Partout une pellicule de soleil qui craquerait sous l'ongle mais qui revêt toutes choses d'un éternel sourire. Qui suis-je et que puis-je faire — sinon entrer dans le jeu des feuillages et de la lumière. Etre ce rayon de soleil où ma cigarette se consume, cette douceur et cette passion discrète qui respire dans l'air. Si j'essaie de m'atteindre, c'est tout au fond de cette lumière [1]. Et si je tente de comprendre et de savourer cette délicate saveur qui livre le secret du monde, c'est moi-même que je trouve au fond de l'univers. Moi-même, c'est-à-dire cette extrême émotion qui me délivre du décor. Tout à l'heure, d'autres choses et les hommes me reprendront. Mais laissez-moi découper cette minute dans l'étoffe du temps, comme d'autres laissent une fleur entre les pages. Ils y enferment une promenade où l'amour les a effleurés. Et

1. Première formulation des thèmes de *Noces*.

moi aussi, je me promène, mais c'est un dieu qui me caresse. La vie est courte et c'est péché que de perdre son temps. Je perds mon temps pendant tout le jour et les autres disent que je suis très actif. Aujourd'hui c'est une halte et mon cœur s'en va à la rencontre de lui-même.

Si une angoisse encore m'étreint, c'est de sentir cet impalpable instant glisser entre mes doigts comme les perles du mercure. Laissez donc ceux qui veulent se séparer du monde. Je ne me plains plus puisque je me regarde naître. Je suis heureux dans ce monde car mon royaume est de ce monde. Nuage qui passe et instant qui pâlit. Mort de moi-même à moi-même. Le livre s'ouvre à une page aimée. Qu'elle est fade aujourd'hui en présence du livre du monde. Est-il vrai que j'ai souffert, n'est-il pas vrai que je souffre ; et que cette souffrance me grise parce qu'elle est ce soleil et ces ombres, cette chaleur et ce froid que l'on sent très loin, tout au fond de l'air. Vais-je me demander si quelque chose meurt et si les hommes souffrent puisque tout est écrit dans cette fenêtre où le ciel déverse sa plénitude. Je peux dire et je dirai tout à l'heure que ce qui compte est d'être humain, simple. Non, ce qui compte est d'être vrai et alors tout s'y inscrit, l'humanité et la simplicité. Et quand suis-je plus vrai et plus transparent que lorsque je suis le monde ?

Instant d'adorable silence. Les hommes se sont tus. Mais le chant du monde s'élève et moi, enchaîné au fond de la caverne, je suis comblé avant d'avoir désiré. L'éternité est là et moi je l'espérais. Maintenant je puis parler. Je ne sais pas ce que je pourrais souhaiter de mieux que cette continuelle présence de moi-même à moi-même. Ce n'est pas d'être heureux que je souhaite maintenant, mais seulement d'être conscient. On se croit retranché du monde, mais il suffit qu'un olivier se dresse dans la poussière dorée, il suffit de quelques plages éblouissantes sous le soleil du matin, pour qu'on sente en soi fondre cette résistance. Ainsi de moi. Je prends conscience des possibilités dont je suis responsable. Chaque minute de vie porte en elle sa valeur de miracle et son visage d'éternelle jeunesse.

*

On ne pense que par image. Si tu veux être philosophe, écris des romans.

*

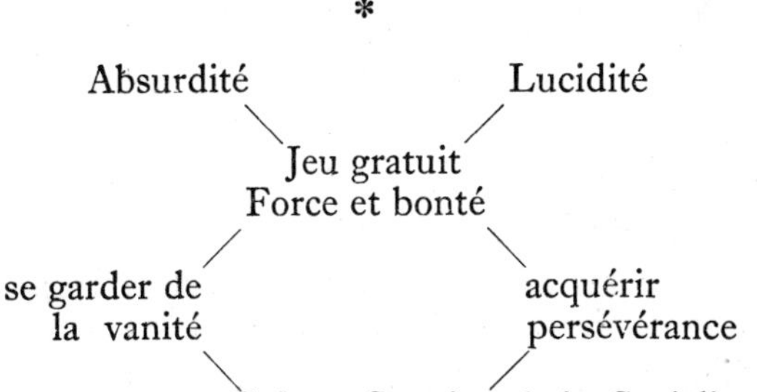

IIe Partie [1]
A. au présent
B. au passé

Ch. A 1 — La Maison devant le Monde. Présentation.
Ch. B 1 — Il se souvenait. Liaison avec Lucienne.
Ch. A 2 — Maison devant le Monde. Sa jeunesse.
Ch. B 2 — Lucienne raconte ses infidélités.
Ch. A 3 — Maison devant le Monde. Invitation.
Ch. B 4 — Jalousie sexuelle. Salzbourg. Prague.
Ch. A 4 — Maison devant le Monde. Le soleil.
Ch. B 5 — La fuite (lettre). Alger. Prend froid, est malade.
Ch. A 5 — Nuit devant les étoiles. Catherine.

*

Patrice [2] raconte son histoire de condamné à mort : « Je le vois, cet homme. Il est en moi. Et chaque parole qu'il dit m'étreint le cœur. Il est vivant et respire avec moi. Il a peur avec moi.

« ... Et cet autre qui veut le fléchir. Je le vois

1. Plan pour *La Mort heureuse*, premier roman de Camus, terminé en 1937 et qui n'a jamais été publié.
2. Patrice est le personnage de *La Mort heureuse*.
Le thème du condamné à mort se retrouvera dans *L'Étranger*.

vivre aussi. Il est en moi. Je lui envoie le prêtre pour l'affaiblir tous les jours. »

« Je sais que maintenant je vais écrire. Il vient un temps où l'arbre, après avoir beaucoup souffert, doit porter ses fruits. Chaque hiver se clôt dans un printemps. Il me faut témoigner. Le cycle après reprendra.

« ... Je ne dirai pas autre chose que mon amour de vivre. Mais je le dirai à ma façon...

« D'autres écrivent par tentations différées. Et chaque déception de leur vie leur fait une œuvre d'art, mensonge tissé des mensonges de leur vie. Mais moi c'est de mes bonheurs que sortiront mes écrits. Même dans ce qu'ils auront de cruel. Il me faut écrire comme il me faut nager, parce que mon corps l'exige. »

IIIe Partie (tout au présent)

Chap. I. — Catherine, dit Patrice, je sais que maintenant je vais écrire. Histoire du condamné à mort. Je suis rendu à ma véritable fonction qui est d'écrire.

Chap. II. — Descente de la Maison devant le Monde au port, etc. Goût de la mort et du soleil. Amour de vivre.

*

6 histoires :

Histoire du jeu brillant. Luxe.

Histoire du quartier pauvre. Mort de la mère.

Histoire de la Maison devant le Monde.
Histoire de la jalousie sexuelle.
Histoire du condamné à mort.
Histoire de la descente vers le soleil.

*

Aux Baléares : L'été passé.

Ce qui fait le prix du voyage, c'est la peur. C'est qu'à un certain moment, si loin de notre pays, de notre langue (un journal français devient d'un prix inestimable. Et ces heures du soir dans les cafés où l'on cherche à toucher du coude d'autres hommes), une vague peur nous saisit, et un désir instinctif de regagner l'abri des vieilles habitudes. C'est le plus clair apport du voyage. A ce moment-là, nous sommes fébriles mais poreux. Le moindre choc nous ébranle jusqu'au fond de l'être. Qu'une cascade de lumière se rencontre, l'éternité est là. C'est pourquoi il ne faut pas dire qu'on voyage pour son plaisir. Il n'y a pas de plaisir à voyager. J'y verrais plutôt une ascèse. C'est pour sa culture qu'on voyage si l'on entend par culture l'exercice de notre sens le plus intime qui est celui de l'éternité. Le plaisir nous écarte de nous-même comme le divertissement de Pascal éloigne de Dieu. Le voyage, qui est comme une plus grande et plus grave science, nous y ramène.

*

Baléares.

La baie.
San Francisco — Cloître.
Bellver.
Quartier riche (l'ombre et les vieilles femmes).
Quartier pauvre (la fenêtre).
Cathédrale (mauvais goût et chef-d'œuvre).
Café chantant.
Côte de Miramar.
Valldemosa et les terrasses.
Soller et le midi.
San Antonio (couvent). Felanitx.
Pollensa : ville. Couvent. Pension.
Ibiza : baie.
La Peña : fortifications.
San Eulalia : La plage. La fête.
Les cafés sur le port.
Les murs de pierre et les moulins dans la campagne.

*

13 février 36.

Je demande aux êtres plus qu'ils ne peuvent m'apporter. Vanité de prétendre le contraire. Mais quelle erreur et quelle désespérance. Et moi-même peut-être...

*

Chercher les contacts. Tous les contacts. Si je veux écrire sur les hommes, comment m'écarter du paysage ? Et si le ciel ou la lumière m'attire, oublierai-je les yeux ou la voix de ceux que j'aime ? A chaque fois, on me donne les éléments d'une amitié, les morceaux d'une émotion, jamais l'émotion, jamais l'amitié.

On va voir un ami plus âgé pour lui dire tout. Du moins ce quelque chose qui étouffe. Mais lui est pressé. On parle de tout et de rien. L'heure passe. Et me voici plus seul et plus vide. Cette infirme sagesse que je tente de construire, quel mot distrait d'un ami qui m'échappe viendra la détruire ! « Non ridere, non lugere »... et les doutes sur moi-même et les autres.

*

Mars.

Journée traversée de nuages et de soleil. Un froid pailleté de jaune. Je devrais faire un cahier du temps de chaque jour. Ce beau soleil transparent d'hier. La baie tremblante de lumière — comme une lèvre humide. Et j'ai travaillé tout le jour.

*

Un titre : Espoir du monde.

*

Grenier à propos du communisme : « Toute la question est celle-ci : pour un idéal de justice, faut-il souscrire à des sottises ? » On peut répondre oui : c'est beau. Non : c'est honnête.

Toutes proportions gardées : le problème du christianisme. Le croyant s'embarrasse-t-il des contradictions des évangiles et des excès de l'Eglise ? Croire est-ce admettre l'Arche de Noé — est-ce défendre l'Inquisition ou le tribunal qui condamna Galilée ?

Mais, d'autre part, comment concilier communisme et dégoût ? Si je tente les formes extrêmes, dans la mesure où elles atteignent l'absurde et l'inutile — je nie le communisme. Et ce souci religieux...

*

La mort qui donne au jeu et à l'héroïsme son vrai sens.

*

Hier. Le soleil sur les quais, les acrobates arabes et le port bondissant de lumière. On dirait que pour le dernier hiver que je passe ici, ce pays se prodigue et s'épanouit. Cet hiver unique et tout éclatant de froid et de soleil. Du froid bleu.

Lucide ivresse et dénuement souriant — le désespoir dans la virile acceptation des stèles grecques. Qu'ai-je besoin d'écrire ou de créer, d'aimer ou de souffrir ? Ce qui dans ma vie est perdu n'est au fond pas le plus important. Tout devient inutile.

Ni le désespoir ni les joies ne me paraissent fondés en face de ce ciel et de la touffeur lumineuse qui en descend.

*

16 mai.

Longue promenade. Collines avec la mer au fond. Et le soleil délicat. Dans tous les buissons, des églantines blanches. Grosses fleurs sirupeuses, aux pétales violets. Retour aussi, douceur de l'amitié des femmes. Visages graves et souriants de jeunes femmes. Sourires, plaisanteries et projets. On rentre dans le jeu. Et, sans y croire, tout le monde sourit aux apparences et feint de s'y soumettre. Pas de fausses notes. Je tiens au monde par tous mes gestes, aux hommes par toute ma reconnaissance [1]. Du haut des collines on voyait renaître sous la pression du soleil des brumes laissées par les dernières pluies. Même en descendant à travers bois, en m'enfonçant dans cette ouate, le soleil se devinant au-dessus et cette miraculeuse journée dans laquelle les arbres se dessinaient. Confiance et amitié, soleil et maisons blanches, nuances à peine entendues, oh ! mes bonheurs intacts qui dérivent déjà et qui ne me délivrent plus dans la mélancolie du soir qu'un

1. Notation reprise dans *Noces*.

sourire de jeune femme ou le regard intelligent d'une amitié qui se sait comprise.

*

Si le temps coule si vite, c'est qu'on n'y répand pas de points de repères. Ainsi de la lune au zénith et à l'horizon. C'est pourquoi ces années de jeunesse sont si longues parce que si pleines, années de vieillesse si courtes parce que déjà constituées. Remarquer par exemple qu'il est presque impossible de regarder une aiguille tourner cinq minutes sur un cadran tant la chose est longue et exaspérante.

*

Mars.

Ciel gris. Mais la lumière s'infiltre. Quelques gouttes d'eau tout à l'heure. La baie tout là-bas s'estompait déjà. Des lumières s'animent. Le bonheur et ceux qui sont heureux. Ils n'ont que ce qu'ils méritent.

*

Mars.

Ma joie n'a pas de fin.

*

Dolorem exprimit quia movit amorem.

*

Mars.

Clinique au-dessus d'Alger. Une assez forte brise remonte la colline brassant les herbes et le soleil. Et tout ce mouvement tendre et blond s'arrête à quelque distance du sommet, au pied de cyprès noirs qui gravissent le faîte en rangs serrés. Admirable lumière qui descend du ciel. En bas, la mer sans une ride et le sourire de ses dents bleues. Sous le soleil qui me chauffe un seul côté du visage, debout dans le vent, je regarde couler cette heure unique sans savoir prononcer un mot. Mais un fou survient avec son infirmier. Il tient une boîte sous son aisselle et s'avance, le visage sérieux.

— Bonjour Mademoiselle (à la jeune femme qui est avec moi). Monsieur, permettez que je me présente, Monsieur Ambrosino.

— Monsieur Camus.

— Ah ! j'ai connu un Camou. Entreprise de camionnage à Mostaganem. Un parent sans doute.

— Non.

— Ça ne fait rien. Permettez-moi de rester un moment avec vous. J'ai droit tous les jours à une demi-heure de sortie. Mais il faut se mettre à plat ventre devant l'infirmier pour qu'il consente à m'accompagner. Vous êtes un parent de Mademoiselle ?

— Oui, Monsieur.

— Ah ! je vous annonce alors que nous allons

nous fiancer à Pâques. Ma femme me l'a permis. Tenez, Mademoiselle, acceptez ces quelques fleurs. Et cette lettre, c'est pour vous. Asseyez-vous près de moi. Je n'ai qu'une demi-heure.

— Il faut que nous partions, monsieur Ambrosino.

— Ah bon, mais quand vous reverrai-je alors ?

— Demain.

— Ah ! C'est que je n'ai qu'une demi-heure et justement je suis venu pour faire un peu de musique.

Nous partons. Sur le chemin, le merveilleux éclat des géraniums rouges. Le fou a tiré de sa boîte un roseau fendu dans sa longueur et dont la fente est tapissée d'une peau de caoutchouc. Il en tire une bizarre musique, plaintive et chaude : « Il pleut sur la route... » La musique nous poursuit devant les géraniums et les gros massifs de marguerites, devant cette mer au sourire imperturbable.

J'ai ouvert la lettre. Elle contenait des réclames découpées et classées avec soin à l'aide de numéros au crayon.

*

M[1]. — Il posait tous les soirs cette arme sur la table. Le travail fini, il rangeait ses papiers, approchait le revolver et y plaquait son front,

1. Notes pour *La Mort heureuse*.

y roulait ses tempes, apaisait sur le froid du fer la fièvre de ses joues. Et puis il restait ainsi un long moment, laissant errer ses doigts le long de la gâchette, maniant le cran d'arrêt, jusqu'à ce que le monde se tût autour de lui et que, somnolent déjà, tout son être se blottît dans la seule sensation du fer froid et salé d'où pouvait sortir la mort.

Dès l'instant où l'on ne se tue pas, il faut se taire sur la vie. Et lui se réveillant, la bouche pleine d'une salive déjà amère, léchait le canon de l'arme, y introduisait sa langue et, râlant d'un bonheur sans fond, répétait avec émerveillement : « Ma joie n'a pas de prix. »

M. — 2e partie.

Les catastrophes successives — Son courage — La vie se tisse de ces malheurs. Il s'installe dans cette toile douloureuse, construit ses jours autour de ses rentrées du soir, de sa solitude, de sa méfiance, de ses dégoûts. On le croit stoïque et résistant. Les choses vont de leur mieux à bien regarder. Un jour, un incident insignifiant : un de ses amis lui parle distraitement. Il rentre chez lui. Il se tue.

*

31 mars.

Il me semble que j'émerge peu à peu.

L'amitié douce et retenue des femmes.

*

Question sociale réglée. Balance rétablie. Je fais le point dans 15 jours. — Mon livre, y penser constamment. Mon travail, l'organiser sans attendre à partir de dimanche.

Reconstruire à nouveau après cette longue période de vie trépidante et désespérée. Le soleil enfin et mon corps haletant. Me taire — Me faire confiance.

*

Avril.

Premières journées de chaleur. Etouffant. Toutes les bêtes sont sur le flanc. Quand la journée décline, la qualité étrange de l'air au-dessus de la ville. Les bruits qui montent et s'y perdent comme des ballons. Immobilité des arbres et des hommes. Sur les terrasses, mauresques qui devisent en attendant le soir. Café qu'on grille et dont l'odeur monte aussi. Heure tendre et désespérée. Rien à embrasser. Rien où se jeter à genoux, éperdu de reconnaissance.

*

La chaleur sur les quais — Enorme, écrasante, elle coupe la respiration. Odeurs volumineuses de goudron qui raclent la gorge. L'anéantissement et le goût de la mort. Le vrai climat de la tragédie et non la nuit, selon le préjugé.

*

Les sens et le monde — Les désirs se confondent. Et dans ce corps que je retiens contre moi, je tiens aussi cette joie étrange qui descend du ciel vers la mer.

*

Soleil et mort[1]. Le débardeur à la jambe cassée. Les gouttes de sang, une à une, sur les pierres brûlantes du quai. Leur grésillement. Dans le café, il me raconte sa vie. Les autres sont partis, restent six verres. Villa en banlieue. Seul, ne rentrait que le soir pour faire sa cuisine. Un chien, un chat, une chatte, six petits. La chatte ne peut nourrir. Ses petits meurent un à un. Chaque soir, un mort raide et des ordures. Deux odeurs aussi : urine et mort mélangées. Le dernier soir (il allonge sur la table ses bras qu'il écarte doucement, pousse les verres lentement jusqu'au bord de la table). Le dernier chat est mort. Mais la mère en a mangé la moitié. Un demi-chat, quoi ! Toujours les ordures. Le vent qui hurle autour de la maison. Un piano, très loin. Lui assis au milieu de ces ruines et de cette

1. Notes pour *La Mort heureuse.*

misère. Et tout le sens du monde lui était monté d'un coup à la gorge. (Les verres tombent un à un, sans qu'il cesse d'écarter les bras.) Reste là plusieurs heures, tout secoué d'une colère énorme, sans phrases, les mains dans l'urine et la pensée de son dîner à faire.

Tous les verres sont cassés. Et lui sourit. « Ça va, dit-il au patron, on payera tout. »

*

Jambe brisée du débardeur. Dans un coin, un homme jeune qui rit silencieusement.

*

« Ce n'est rien. Ce qui m'a fait le plus de mal, ce sont les idées générales. » — Course après le camion, vitesse, poussière, vacarme. Rythme éperdu des treuils et des machines, danse des mâts sur l'horizon, roulis des coques. Sur le camion : sauts sur les pavés inégaux du quai. Et dans la poussière blanche et crayeuse, le soleil et le sang, dans l'immense et fantastique décor du port, deux hommes jeunes qui s'éloignent à toute vitesse et qui rient à perdre haleine, comme pris de vertige.

*

Mai.

Ne pas se séparer du monde. On ne rate pas

sa vie lorsqu'on la met dans la lumière. Tout mon effort, dans toutes les positions, les malheurs, les désillusions, c'est de retrouver les contacts. Et même dans cette tristesse en moi quel désir d'aimer et quelle ivresse à la seule vue d'une colline dans l'air du soir.

Contacts avec le vrai, la nature d'abord, et puis l'art de ceux qui ont compris, et mon art si j'en suis capable. Sinon, la lumière et l'eau et l'ivresse sont encore devant moi, et les lèvres humides du désir.

Désespoir souriant. Sans issue, mais exerçant sans cesse une domination qu'on sait vaine. L'essentiel : ne pas se perdre, et ne pas perdre ce qui, de soi, dort dans le monde.

*

Mai.

Tous les contacts = culte du Moi ? Non [1].

Culte du moi présuppose amateurisme ou optimisme. Deux foutaises. Non pas choisir sa vie, mais l'étendre.

Attention : Kierkegaard, l'origine de nos maux, c'est la comparaison.

S'engager à fond. Ensuite, accepter avec une égale force le oui et le non.

1. Réflexion qui préfigure certaines pages du *Mythe de Sisyphe*.

*

Mai.

Ces fins du jour à Alger où les femmes sont si belles.

*

Mai.

Aux confins — Et par-dessus : le jeu. Je nie, suis lâche et faible, j'agis comme si j'affirmais, comme si j'étais fort et courageux. Question de volonté = pousser l'absurdité jusqu'au bout = je suis capable de...

D'où prendre le jeu au tragique, dans son effort ; au comique dans le résultat (indifférent plutôt).

Mais, pour cela, ne pas perdre son temps. Rechercher l'expérience extrême dans la solitude. Epurer le jeu par la conquête de soi-même — la sachant absurde [1].

Conciliation du sage hindou et du héros occidental.

« Ce sont les idées générales qui m'ont fait le plus de mal. »

Cette extrême expérience doit toujours s'arrêter devant une main tendue. Pour reprendre ensuite. Les mains tendues sont rares.

1. Réflexion qui préfigure certaines pages du *Mythe de Sisyphe*. Les premières lignes ont déjà le goût amer de *La Chute*.

*

Dieu — Méditerranée : des constructions — rien de naturel.

Nature = équivalence.

*

Contre rechute et faiblesse : effort — Attention démon : culture — le corps
volonté — le travail (Phil.)

Mais contrepartie : les intercesseurs — tous les jours
mon œuvre (les émotions)
les expériences extrêmes.

Œuvre philosophique : l'absurdité.

Œuvre littéraire : force, amour et mort sous le signe de la conquête.

Dans les deux, mêler les deux genres en respectant le ton particulier. Ecrire un jour un livre qui donnera le sens.

Et sur cette tension : l'impassibilité — Mépriser la comparaison.

*

Un essai sur la mort et Philosophie — Malraux. Inde.

Un essai sur la chimie.

*

Mai.

Que la vie est la plus forte — vérité, mais principe de toutes les lâchetés. Il faut penser le contraire ostensiblement.

*

Et les voilà qui meuglent : je suis immoraliste.
Traduction : j'ai besoin de me donner une morale. Avoue-le donc, imbécile. Moi aussi.

*

L'autre cloche : il faut être simple, vrai, pas de littérature — accepter et se donner. Mais nous ne faisons que ça.

Si on est bien persuadé de son désespoir, il faut agir comme si on espérait — ou se tuer. La souffrance ne donne pas de droits.

*

Intellectuel ? Oui. Et ne jamais renier. Intellectuel = celui qui se dédouble. Ça me plaît. Je suis content d'être les deux. « Si ça peut s'unir ? » Question pratique. Il faut s'y mettre. « Je méprise l'intelligence » signifie en réalité : « je ne peux supporter mes doutes ».

Je préfère tenir les yeux ouverts.

*

Novembre.

Voir la Grèce. Esprit et sentiment, goût de *l'expression* comme preuves de décadence. La sculpture grecque déchoit quand apparaissent le sourire et le regard. La peinture italienne aussi, avec le XVIe siècle des « coloristes ».

Paradoxe du Grec grand artiste malgré lui. Les Apollon doriques admirables parce que sans expression. Seulement l'expression était donnée par la peinture (regrettable) — Mais la peinture partie, le chef-d'œuvre demeure.

*

Nationalités apparaissent comme signes de désagrégation. Unité religieuse du Saint Empire romain germanique à peine rompue : les nationalités. En Orient, le tout demeure.

Internationalisme essaie de rendre à l'Occident son vrai sens et sa vocation. Mais le principe n'est plus chrétien, il est grec. Humanisme d'aujourd'hui : il affirme encore le fossé qui existait entre l'Orient et l'Occident (cas Malraux). Mais il restitue une force.

*

Protestantisme. Nuance. En théorie, admirables attitudes : Luther, Kierkegaard. En pratique ?

*

Janvier.

Caligula ou le sens de la mort. 4 Actes [1].

I — *a*) Son accession. Joie. Discours vertueux (Cf. Suétone)

b) Miroir

II — *a*) Ses sœurs et Drusilla

b) Mépris des grands

c) Mort de Drusilla. Fuite de Caligula

III —

Fin : Caligula apparaît en ouvrant le rideau :

« Non, Caligula n'est pas mort. Il est là, et là. Il est en chacun de vous. Si le pouvoir vous était donné, si vous aviez du cœur, si vous aimiez la vie, vous le verriez se déchaîner, ce monstre ou cet ange que vous portez en vous. Notre époque meurt d'avoir cru aux valeurs et que les choses pouvaient être belles et cesser d'être absurdes. Adieu, je rentre dans l'histoire où me tiennent enfermé depuis si longtemps ceux qui craignent de trop aimer. »

*

Janvier.

Essai : La Maison devant le Monde [2].

1. Première allusion à *Caligula* : première ébauche du dénouement.

2. *La Maison devant le Monde* constituera un des chapitres de *La Mort heureuse*.

— Dans le quartier, on l'appelait la maison des 3 Etudiants.
— Lorsqu'on en sort c'est pour s'enfermer.
— La maison devant le monde n'est pas une maison où l'on s'amuse mais une maison où l'on est heureux.

*

— « Il n'y a pas que des jeunes filles ici », dit M. devant qui X. dit des grossièretés.

M. et l'amour :

— « Vous êtes arrivé à un âge où l'on est heureux de se reconnaître dans l'enfant des autres. »

— « Il lui faut apprendre la relativité dans Einstein pour pouvoir faire l'amour. »

— « Dieu m'en préserve », dit M.

*

Y monter chaque fois c'est chaque fois la conquérir, tant le chemin qui y mène est escarpé.

*

Février.

La civilisation ne réside pas dans un degré plus ou moins haut de raffinement. Mais dans une conscience commune à tout un peuple. Et cette conscience n'est jamais raffinée. Elle est même toute droite. Faire de la civilisation l'œuvre d'une élite, c'est l'identifier à la culture qui est tout autre chose. Il y a une culture méditerranéenne. Mais il y a aussi une civilisation méditerranéenne. A l'opposé, ne pas confondre civilisation et peuple.

*

Tournées (théâtre).

Au matin, tendresse et fragilité d'une Oranie que l'on connaît si dure et si violente dans le soleil du jour : oueds miroitants bordés de lauriers-roses, teintes presque conventionnelles du ciel levant, montagnes mauves frangées de rose. Tout annonce un jour rayonnant. Mais avec une pudeur et une délicatesse qu'on sent déjà près de leur fin.

*

Avril 37.

Curieux : Incapacité d'être seul, incapacité de ne l'être pas. On accepte les deux. Les deux profitent.

*

La tentation la plus dangereuse : ne ressembler à rien.

*

Kasbah : Il arrive toujours un moment où l'on se sépare de soi. Petit feu de charbon qui pétille au milieu d'une ruelle visqueuse et obscure.

*

Folie — Beau décor de l'admirable matin — Soleil. Ciel et ossements. Musique. Un doigt au carreau.

*

Le besoin d'avoir raison, marque d'esprit vulgaire.

*

Récit — l'homme qui ne veut pas se justifier. L'idée qu'on se fait de lui lui est préférée. Il meurt, seul à garder conscience de sa vérité — Vanité de cette consolation [1].

*

Avril.

Les femmes — qui préfèrent leurs idées à leurs sensations.

1. Thème de *L'Étranger*.

— Pour l'essai sur les ruines[1] :

Le vent desséchant — Le vieil homme aussi dénudé qu'un olivier du Sahel.

1) Essai sur les ruines : le vent dans les ruines ou la mort au soleil.

2) Reprendre la « mort dans l'âme »[2] — Pressentiment.

3) La maison devant le monde.

4) Roman — Y travailler.

5) Essai sur Malraux.

6) Thèse.

*

Dans un pays étranger, soleil qui dore les maisons sur une colline. Sentiment plus puissant que devant le même fait dans son propre pays. Ce n'est pas le même soleil. Je sais bien, moi, que ce n'est pas le même soleil.

*

Au soir, douceur du monde sur la baie — Il y a des jours où le monde ment, des jours où il dit vrai. Il dit vrai, ce soir — et avec quelle insistante et triste beauté.

1. Notes pour *Le vent à Djemila,* dans *Noces.*

2. *La Mort dans l'âme* est le troisième des essais de *L'Envers et l'Endroit.* Camus a tenté de l'utiliser à nouveau dans *La Mort heureuse.*

*

Mai.

Erreur d'une psychologie de détail. Les hommes qui se cherchent, qui s'analysent. Pour se connaître, s'affirmer. La psychologie est action — non réflexion sur soi-même. On se détermine au long de sa vie. Se connaître parfaitement, c'est mourir.

*

1) La prestigieuse poésie qui précède l'amour.
2) L'homme qui a manqué tout même sa mort.
3) Jeune, on adhère mieux à un paysage qu'à un homme.

C'est que les premiers se laissent interpréter.

*

Mai.

Projet de préface pour L'Envers et l'Endroit.

Tels qu'ils sont présentés, ces essais, pour beaucoup sont informes. Ce qui ne vient pas d'un mépris commode à l'égard de la forme — mais seulement d'une insuffisante maturité. Pour ceux qui prendront ces pages pour ce qu'elles sont vraiment : des essais, la seule chose qu'on puisse leur demander, c'est d'en suivre la progression. De la première à la dernière, peut-être y sentirat-on une démarche sourde qui en fait l'unité, j'aurais envie de dire qui les légitime, si la justification ne me paraissait pas vaine et si je ne savais pas qu'on préfère toujours à un homme l'idée qu'on se fait de lui.

*

Ecrire, c'est se désintéresser. Un certain renoncement en art. Réécrire. L'effort qui apporte toujours un gain, quel qu'il soit. Question de paresse pour ceux qui ne réussissent pas.

*

Luther : « Il est mille fois plus important de croire fermement à l'absolution que d'en être digne. Cette foi vous rend digne et constitue la véritable satisfaction. »

(Sermon prêché à Leipzig en 1519 sur la *Justification*.)

*

Juin.

Condamné à mort qu'un prêtre vient visiter tous les jours. A cause du cou tranché, les genoux qui plient, les lèvres qui voudraient former un nom, la folle poussée vers la terre pour se cacher dans un « Mon Dieu, mon Dieu ! »

Et chaque fois, la résistance dans l'homme qui

ne veut pas de cette facilité et qui veut mâcher toute sa peur. Il meurt sans une phrase, des larmes plein les yeux[1].

*

Les philosophies valent ce que valent les philosophes. Plus l'homme est grand, plus la philosophie est vraie.

*

La civilisation contre la culture.

Impérialisme est civilisation pure. Cf. Cecil Rhodes. « L'expansion est tout » — les civilisations sont des îlots — La civilisation comme aboutissement fatal de la culture (Cf. Spengler).

Culture : cri des hommes devant leur destin.

Civilisation, sa décadence : désir de l'homme devant les richesses. Aveuglement.

D'une théorie politique sur la Méditerranée.

« Je parle de ce que je connais. »

*

1) Evidences économiques (marxisme).

2) — spirituelles (Saint Empire romain germanique).

1. On trouve ici l'ébauche d'une des dernières scènes de *L'Étranger*.

*

Combat tragique du monde souffrant. Futilité du problème de l'immortalité. Ce qui nous intéresse, c'est notre destinée, oui. Mais non pas « après », « *avant* ».

*

Pouvoir consolant de l'Enfer.

1) D'une part, souffrance sans fins, n'a pas de sens pour nous — Nous imaginons des répits.

2) Nous ne sommes pas sensibles au mot éternité. Inappréciable pour nous. Sinon dans la mesure où nous parlons de « seconde éternelle ».

3) L'enfer, c'est la vie avec ce corps — qui vaut encore mieux que l'anéantissement.

*

Règle logique : le singulier a valeur d'universel.
— illogique : le tragique est contradictoire.
— pratique : un homme intelligent sur un certain plan peut être un imbécile sur d'autres.

*

Etre profond par insincérité.

*

La petite, vue par Marcel. « Son mari y savait pas y faire. Un jour elle me dit : Avec mon mari, c'est jamais comme ça. »

*

La bataille de Charleroi vue par Marcel.

« Nous autres les zouaves, on nous avait fait mettre comme ça en tirailleurs. Le commandant y dit « à la charge ». Et puis on descendait, ça faisait comme un ravin avec des arbres. On nous dit de charger. Y avait personne devant nous. Alors on marche, on marche en avant comme ça. Et puis tout d'un coup des mitrailleuses y commençaient à nous taper dedans. Tous, on tombe les uns sur les autres. Y avait tellement de blessés et de morts que dans le fond du ravin y avait tellement de sang qu'on aurait pu traverser avec une pastera. Alors y en avait qui criaient « Maman » que c'était terrible. »

*

— Oh ! Marcel, comme t'y as des médailles, où t'y as gagné tout ça ?

— Où j'ai gagné tout ça ? A la guerre, dis.

— Comment à la guerre ?

— Dis, tu veux que je t'apporte les diplômes

où c'est écrit ? Tu veux que je te fasse lire. Qu'est-ce que tu crois ?

On apporte les « diplômes ».

Les « diplômes » concernent le régiment tout entier dont Marcel faisait partie.

*

Marcel. Nous autres, on est pas riches, mais on mange bien. Tu vois mon petit-fils, plus que son père y mange. Son père, il lui faut une livre de pain, lui un kilo il lui faut. Et vas-y la soubressade. Vas-y l'escabèche. Des fois qu'il a fini, y dit « han, han » et y mange encore.

*

Juillet.

Paysage de la Madeleine[1]. Beauté qui donne le goût de la pauvreté. Je suis si loin de ma fièvre — si peu capable d'autre orgueil que d'aimer. Se tenir loin. Il faut dire et dire vite ce qui me remplit le cœur.

*

« Aucun rapport. » Vrai roman. Celui qui défend une foi toute sa vie. Sa mère meurt. Il abandonne tout. La vérité de sa foi n'a tout de

1. La Madeleine, quartier périphérique d'Alger, aux alentours d'El-Biar.

même pas changé. Aucun rapport, c'est comme ça.

*

Hydravion : gloire du métal étincelant sur la baie et dans le ciel bleu.

*

Les pins, le jaune des pollens et le vert des feuilles.

*

Christianisme, comme Gide, demande à l'homme de retenir son désir. Mais Gide y voit un plaisir de plus. Le Christianisme, lui, trouve ça mortifiant. En ce sens il est plus « naturel » que Gide qui, lui, est intellectuel. Mais moins naturel que le peuple qui satisfait sa soif aux fontaines et qui sait que la fin du désir est la satiété (une « Apologie de la Satiété »)[1].

*

Prague. Fuite devant soi[2].
— Je voudrais une chambre.

1. Ces réflexions nous vaudront une note sur Gide et le désir, dans *Noces*, p. 47.
2. Fragment repris de *la Mort dans l'âme* pour *La Mort heureuse.*

— Certainement. Pour une nuit ?

— Non. Je ne sais pas.

— Nous avons des chambres à 18, 25 et 30 couronnes.

(aucune réponse)

— Quelle chambre désirez-vous, Monsieur ?

— N'importe laquelle (regarde au dehors).

— Chasseur, portez les bagages à la chambre N° 12.

(se réveille)

— Combien cette chambre ?

— 30 couronnes.

— C'est trop cher. Je voudrais une chambre à 18 couronnes.

— Chasseur, chambre N° 34.

*

1) Dans le train qui l'emportait vers « ... », « X. » regardait ses mains.

2) Le type qui est toujours là. Mais coïncidence.

*

Lyon.

Vorarlberg-Halle.

Kupstein — La chapelle et les champs sous la pluie le long de l'Inn. Solitude qui s'ancre.

Salzbourg — Ildermann. Cimetière Saint-Pierre. Jardin Mirabelle et sa précieuse réussite.

Pluies, phloxs — Lac et montagnes — marche sur le plateau.

Linz — Danube et faubourgs ouvriers. Le médecin.

Butweiss — Faubourg. Petit cloître gothique. Solitude.

Prague — Les quatre premiers jours. Cloître baroque. Cimetière juif. Eglises baroques. Arrivée au restaurant. Faim. Pas d'argent. Le mort. Concombre dans le vinaigre. Le manchot et son accordéon sous la fesse.

Dresde — Peinture.

Bautzen — Cimetière gothique. Géraniums et soleils dans les arceaux de brique.

Breslau — Bruine. Eglises et cheminées d'usine. Tragique qui lui est particulier.

Plaines de Silésie : impitoyables et ingrates — dunes — Vols d'oiseaux dans le matin gras sur la terre gluante.

Olmutz — Plaines tendres et lentes de Moravie. Pruniers aigres et lointains émouvants.

Brno — Quartiers pauvres.

Vienne — Civilisation — Luxe amoncelé et jardins protecteurs. Détresse intime qui se cache dans les plis de cette soie.

*

Italie.

Eglises — Sentiment particulier qui s'y rapporte : Cf. Andrea del Sarto.

Peinture : monde grave et figé. Confiance, etc. A noter : peinture italienne et sa décadence.

*

L'intellectuel devant l'adhésion (fragment).

*

Juillet.

Pour les femmes, ce qu'il y a d'insupportable dans la tendresse sans amour qu'un homme peut leur donner.

Pour l'homme, une amère douceur.

*

Les couples : l'homme essaie de briller devant un tiers. La femme immédiatement : « Mais toi aussi... » et essaie de le diminuer, de le rendre solidaire de sa médiocrité.

*

Dans les trains : une mère à son enfant :

— Ne suce pas tes doigts, sale.

ou : — Si tu continues, tu vas recevoir.

Id. Couples : la femme s'est levée dans le train bondé.

— Donne, dit-elle.

Le mari cherche dans sa poche et lui donne le papier qu'il faut.

*

Juillet 37.

Pour le Roman du joueur[1].

Cf. Les Pléiades[2] : Cadence débordante. Jouer le jeu.

Ame de luxe. L'aventurier.

*

Juillet 37 — Joueur.

Révolution, gloire, amour et mort. Que me fait cela au prix de ce quelque chose en moi, si grave et si vrai ?

— Et quoi ?

— Ce lourd cheminement de larmes, dit-il, qui fait tout mon goût de la mort.

*

Juillet 37.

L'aventurier. A le sentiment net qu'il n'y a plus rien à faire en art. Rien de grand ou nouveau n'est possible — dans cette culture d'Occident du moins. Il ne reste que l'action. Mais qui porte une grande âme n'entrera dans cette action qu'avec désespoir.

1. Sur le manuscrit de *Caligula,* on trouve comme sous-titre : Le Joueur.

2. Il s'agit du roman de Gobineau.

*

Juillet.

Quand l'ascèse est volontaire, on peut jeûner 6 semaines (eau suffit). Quand elle est contrainte (famine) pas plus de 10 jours.

Réservoir d'énergie réelle.

*

Coutumes respiratoires des yogis du Thibet. Ce qu'il faudrait, c'est apporter notre méthodologie positive à des expériences de cette envergure. Avoir des « révélations » auxquelles on ne croit pas. *Ce qui me plaît* : porter sa lucidité dans l'extase.

*

Femmes dans la rue. La bête chaude du désir qu'on porte lovée au creux des reins et qui remue avec une douceur farouche.

*

Août.

Sur le chemin de Paris : cette fièvre qui bat aux tempes, l'abandon singulier et soudain du monde et des hommes. Lutter contre son corps. Sur mon banc, dans le vent, vidé et creusé par l'intérieur, je pensais tout le temps à K. Mansfield, à cette longue histoire tendre et douloureuse d'une lutte avec la maladie. Ce qui m'attend dans les Alpes c'est, avec la solitude et l'idée que je serai là pour me soigner, la *conscience* de ma maladie.

*

Aller jusqu'au bout, ce n'est pas seulement résister mais aussi se laisser aller. J'ai besoin de sentir ma personne, dans la mesure où elle est sentiment de ce qui me dépasse. J'ai besoin parfois d'écrire des choses qui m'échappent en partie, mais qui précisément font la preuve de ce qui en moi est plus fort que moi.

*

Août.

Tendresse et émotion de Paris. Les chats, les enfants, l'abandon du peuple. Les couleurs grises, le ciel, une grande parade de pierre et d'eaux.

*

Arles.

*

Août 37.

Il s'enfonçait tous les jours dans la montagne et en revenait muet, les cheveux pleins d'herbes et couvert des égratignures de toute une journée. Et chaque fois c'était la même conquête sans séduction. Il fléchissait peu à peu la résistance de ce pays hostile. Il arrivait à se faire semblable à ces nuages ronds et blancs derrière l'unique sapin qui se détachait sur une crête, semblable à ces champs d'épilobes rosâtres, de sorbiers et de campanules. Il s'intégrait à ce monde aromatique et rocheux. Parvenu au lointain sommet, devant le paysage immense soudain découvert, ce n'était pas l'apaisement de l'amour qui naissait en lui, mais une sorte de pacte intérieur qu'il concluait avec cette nature étrangère, la trêve qui s'établit entre deux visages durs et farouches, l'intimité de deux adversaires et non l'abandon de deux amis.

*

Douceur de la Savoie.

*

Août 37.

Un homme qui a cherché la vie là où on la met ordinairement (mariage, situation, etc.) et qui s'aperçoit d'un coup, en lisant un catalogue de mode, combien il a été étranger à sa vie[1] (la vie telle qu'elle est considérée dans les catalogues de mode).

1. D'après Camus lui-même, il s'agit là de la première formulation consciente du thème de *L'Étranger*.

Ire Partie — Sa vie jusque-là.
IIe Partie — Le jeu.
IIIe Partie — L'abandon des compromis et la vérité dans la nature.

*

Août 37.

Dernier chapitre ? Paris Marseille. La descente vers la Méditerranée.

Et il entra dans l'eau et il lava sur sa peau les images noires et grimaçantes qu'y avait laissées le monde. Soudain l'odeur de sa peau renaissait pour lui dans le jeu de ses muscles. Jamais peut-être il n'avait autant senti son accord avec le monde, sa course accordée à celle du soleil. A cette heure où la nuit débordait d'étoiles, ses gestes se dessinaient sur le grand visage muet du ciel. S'il bouge ce bras, il dessine l'espace qui sépare cet astre brillant de celui qui semble disparaître par moments, il entraîne dans son élan des gerbes d'étoiles, des traînes de nues. Ainsi l'eau du ciel battue par son bras et, autour de lui, la ville comme un manteau de coquillages resplendissants.

*

Deux personnages. Suicide de l'un ?

*

Août 37.

Le joueur.

— Ça va être difficile, très difficile. Mais ça n'est pas une raison.

— Bien sûr, dit Catherine, levant les yeux vers le soleil.

*

Le Joueur.

Mme X, par ailleurs une parfaite vieille grue, avait un beau talent de musicienne.

Pour roman.

Ire Partie : Théâtre circulant. Cinéma. Histoire du grand Amour (Collège Sainte-Chantal).

*

Août 37.

Projet de plan. Combiner jeu et vie [1].

Ire Partie.

A — Fuite devant soi.

B — M. et pauvreté. (Tout au présent.) Les chapitres de la série A décrivent le joueur. Ceux de la série B la vie jusqu'à la mort de la mère (Mort de Marguerite — Métiers différents : cour-

1. Projet de plan pour *La Mort heureuse* : M. désigne Mersault, qui en est le principal personnage.

tage, accessoires automobiles, préfecture, etc.)

Dernier chapitre : Descente vers le soleil et mort (suicide — mort naturelle).

IIe Partie.

Inverse. A au présent : Redécouverte de la joie. Maison devant le Monde. Liaison avec Catherine.

B au passé. Pris au jeu. Jalousie sexuelle. Fuite.

IIIe Partie.

Tout au présent. Amour et soleil. Non, dit le garçon.

*

Août 37.

Chaque fois que j'entends un discours politique ou que je lis ceux qui nous dirigent, je suis effrayé depuis des années de n'entendre rien qui rende un son humain. Ce sont toujours les mêmes mots qui disent les mêmes mensonges. Et que les hommes s'en accommodent, que la colère du peuple n'ait pas encore brisé les fantoches, j'y vois la preuve que les hommes n'accordent aucune importance à leur gouvernement et qu'ils jouent, vraiment oui, qu'ils jouent avec toute une partie de leur vie et de leurs intérêts soi-disant vitaux.

*

A 2 ou A 5 de I.

Ce qui me navre, c'est l'importance qu'on accorde aux mouvements de l'âme. Etes-vous mélancolique, et la vie à deux devient impossible. Car si vous avez le cœur bien né, vous ne pouvez supporter les questions multiples qu'on vous pose. Alors que ça peut avoir à peu près autant d'importance que de prendre de l'appétit ou de vouloir...

*

Août 37.

Plan. 3 parties.

1re partie : A au présent
B au passé.

Ch. A 1 — Journée de M. Mersault vue par l'extérieur.

Ch. B 1 — Quartier pauvre de Paris. Boucherie chevaline. Patrice et sa famille. Le muet. La grand-mère.

Ch. A 2 — Conversation et paradoxes. Grenier. Cinéma.

Ch. B 2 — Maladie de Patrice. Le docteur. « Cette extrême pointe... »

Ch. A 3 — Un mois de théâtre circulant.

Ch. B 3 — Les métiers (courtage, accessoires automobiles, préfecture).

Ch. A 4 — L'histoire du grand amour : « Vous n'avez plus jamais éprouvé ça ? — Si, madame, devant vous. » Thème du revolver.

Ch. B 4 — Mort de la mère.

Ch. A 5 — Rencontre de Raymonde.

*

ou bien :

I A — Jalousie sexuelle.
B — Quartier pauvre — mère.
II A — Maison devant le Monde — étoiles.
B — Vie débordante.
III Fuite — Catherine qu'il n'aime pas.

*

Réduire et condenser. Histoire de jalousie sexuelle qui conduit au dépaysement. Retour à la vie.

« La leçon qu'il était allé chercher si loin, oui, elle gardait toute sa valeur, mais seulement d'avoir été ramenée au pays de la lumière. »

*

Arrivée à Prague — jusqu'au départ — maladie.

Explication — Lucile — Fuite.

*

Août.

Absence de philosophes espagnols.

*

Roman : l'homme qui a compris que, pour vivre, il fallait être riche, qui se donne tout entier à cette conquête de l'argent, y réussit, vit et meurt *heureux* [1].

*

Septembre.

Ce mois d'août a été comme une charnière — une grande respiration avant de tout délier dans un effort délirant. Provence et quelque chose en moi qui se ferme. Provence comme une femme qui s'appuie.

Il faut vivre et créer. Vivre à pleurer — comme devant cette maison aux tuiles rondes et aux volets bleus sur un coteau planté de cyprès.

*

Montherlant : Je suis celui à qui quelque chose arrive.

*

A Marseille, bonheur et tristesse — Tout au bout de moi-même. Ville vivante que j'aime. Mais, en même temps, ce goût amer de solitude.

1. Note pour *La Mort heureuse.*

*

8 sept.

Marseille, chambre d'hôtel. Grosses fleurs jaunes de la tapisserie à fond gris. Géographies de la crasse. Coins gras et boueux derrière le radiateur énorme. Lit à lamelles, commutateur brisé. ... Cette sorte de liberté qui vous vient du douteux et de l'interlope.

*

M. 8 sept.

Longue descente éclatante de soleil. Les lauriers-roses à Monaco et Gênes pleins de fleurs. Les soirs bleus de la côte ligurienne. Ma fatigue et cette envie de larmes. Cette solitude et cette soif d'aimer. Enfin Pise, vivante et austère, ses palais verts et jaunes, ses dômes et, au long de l'Arno sévère, sa grâce. Tout ce qu'il y a de noble dans ce refus de se livrer. Ville pudique et sensible. Dans les rues désertes de la nuit, si près de moi — que de m'y promener seul, mon envie de larmes se délivre enfin. Ce quelque chose d'ouvert en moi qui commence à se cicatriser.

*

Sur les murs de Pise : « Alberto fa l'amore con la mia sorella[1]. »

1. On retrouve cette notation dans *Noces*, p. 84, (éd. 1950).

*

Jeudi 9.

Pise et ses hommes couchés devant le Duomo. Le Campo Santo, ses lignes droites, des cyprès aux quatre coins. On comprend les querelles du XVe et du XVIe siècle. Chaque ville compte ici avec son visage et sa vérité profonde.

Il n'y a pas d'autre vie que celle dont mes pas rythmaient la solitude le long de l'Arno. Celle aussi qui m'agitait dans le train qui descendait sur Florence. Ces visages de femmes si graves, qu'un rire emportait soudain. L'une surtout, le nez long et la bouche fière, et qui riait. A Pise, longue heure à paresser sur l'herbe de la Piazza del Duomo. J'ai bu aux fontaines et l'eau était un peu tiède, mais si fluide. En descendant sur Florence, je me suis attardé sur des visages, j'ai bu des sourires. Suis-je heureux ou malheureux ? La question a peu d'importance. Je vis avec un tel emportement.

Des choses, des êtres m'attendent et sans doute je les attends aussi et les désire de toute ma force et ma tristesse. Mais ici je gagne ma vie à force de silence et de secret [1].

Le miracle de n'avoir pas à parler de soi.

*

Gozzoli et l'Ancien Testament (costumé).

1. Tout ce voyage à Pise et Florence est utilisé dans *Le Désert*, dernier essai de *Noces*.

*

Les Giotto de Santa Croce. Le sourire intérieur de saint François, amant de la nature et de la vie. Il justifie ceux qui ont le goût du bonheur. Lumière douce et fine sur Florence. La pluie attend et gonfle le ciel. Mise au tombeau du Giottino : la douleur aux dents serrées chez Marie.

*

Florence. Au coin de chaque église, des étalages de fleurs, grasses et brillantes, perlées d'eau, naïves.

*

Mostra Giottesca.

Il faut du temps pour s'apercevoir que les visages des primitifs florentins sont ceux qu'on rencontre tous les jours dans la rue. C'est que nous avons perdu l'habitude de voir l'essentiel d'un visage. Nous ne regardons plus nos contemporains, ne prenant d'eux que ce qui sert à notre orientation (dans tous les sens). Les primitifs ne déforment pas, ils « réalisent ».

Dans le cloître des Morts, à la Santissima Annunziata, ciel gris chargé de nuages, architecture sévère, mais rien n'y parle de la mort. Il y a des dalles funéraires et des ex-voto, celui-ci fut père tendre et mari fidèle, cet autre en même temps que le meilleur des époux un commerçant avisé, une jeune femme, modèle de toutes les vertus, parlait le français et l'anglais « si come il nativo ». (Tous se sont créé des devoirs, et des enfants, aujourd'hui, jouent à saute-mouton sur les dalles qui veulent perpétuer leur vertu.) Là, une jeune fille était toute l'espérance des siens, « Ma la gioia è pellegrina sulla terra » [1]. Mais rien de tout cela ne me convainc. Presque tous, selon les inscriptions, se sont résignés et sans doute puisqu'ils acceptaient leurs autres devoirs. Je ne me résignerai pas. De tout mon silence je protesterai jusqu'à la fin. Il n'y a pas à dire « il faut ». C'est ma révolte qui a raison, et cette joie qui est comme un pèlerin sur la terre, il me faut la suivre pas à pas.

Les nuages grossissent au-dessus du cloître et la nuit peu à peu assombrit les dalles où s'inscrit la morale dont on dote ceux qui sont morts. Si j'avais à écrire ici un livre de morale, il aurait cent pages et 99 seraient blanches. Sur la dernière, j'écrirais : « Je ne connais qu'un seul devoir et c'est celui d'aimer. » Et, pour le reste, je dis *non*. Je dis *non* de toutes mes forces. Les dalles me disent que c'est inutile et que la vie est comme « col sol levante, col sol cadente ». Mais je ne vois pas ce que l'inutilité ôte à ma révolte et je sens bien ce qu'elle lui ajoute.

1. *Noces*, p. 80 et 81, (éd. 1950).

Je pensais à tout cela, assis par terre, adossé à une colonne, et des enfants riaient et jouaient. Un prêtre m'a souri. Des femmes me regardaient avec curiosité. Dans l'église, l'orgue jouait sourdement et la couleur chaude de son dessin reparaissait parfois derrière les cris des enfants. La mort ! A continuer ainsi, je finirais bien par mourir heureux. J'aurais mangé tout mon espoir.

*

Septembre.

Si vous dites : « je ne comprends pas le christianisme, je veux vivre sans consolation », alors vous êtes un esprit borné et partial. Mais si, vivant sans consolation, vous dites : « je comprends la position chrétienne et je l'admire », vous êtes un dilettante sans profondeur. Ça commence à me passer d'être sensible à l'opinion.

*

Cloître de San Marco. Le soleil au milieu des fleurs.

*

Primitifs siennois et florentins. Leur obstination à faire les monuments plus petits que les hommes ne vient pas d'une ignorance à l'égard de la perspective, mais de la persévérance dans le crédit qu'ils font à l'homme et aux saints qu'ils mettent en scène. S'en inspirer pour décor de théâtre.

*

Les roses tardives dans le cloître de Santa Maria Novella et les femmes, ce dimanche matin dans Florence. Les seins libres, les yeux et les lèvres qui vous laissent avec des battements de cœur, la bouche sèche, et une chaleur aux reins [1].

*

Fiesole.

On mène une vie difficile à vivre. On n'arrive pas toujours à ajuster ses actes à la vision qu'on a des choses. (Et la couleur de mon destin, alors que je crois l'entrevoir, la voici qui fuit devant mon regard.) On peine et lutte pour reconquérir sa solitude. Mais un jour la terre a son sourire primitif et naïf. Alors c'est comme si luttes et vie en nous sont d'un seul coup gommées. Des millions d'yeux ont contemplé ce paysage, et pour moi il est comme le premier sourire du monde [2]. Il me met hors de moi au sens profond du mot. Il m'assure que hors de mon amour tout est inutile et que mon amour même, s'il n'est pas innocent et sans objet, n'a pas de valeur pour moi. Il me

1. *Noces*, p. 81, (éd. 1950).
2. *Noces*, p. 88-89, id.

refuse une personnalité et rend mes souffrances sans écho. Le monde est beau et tout est là. Sa grande vérité que patiemment il enseigne, c'est que l'esprit n'est rien ni le cœur même. Et que la pierre que le soleil chauffe, ou le cyprès que le ciel découvert agrandit, limitent le seul monde où « avoir raison » prend un sens : la nature sans hommes. Ce monde m'annihile. Il me porte jusqu'au bout. Il me nie sans colère. Et moi, consentant et vaincu, je m'achemine vers une sagesse où tout est déjà conquis — si des larmes ne me montaient aux yeux et si ce gros sanglot de poésie qui me gonfle le cœur ne me faisait oublier la vérité du monde.

*

13 sept.

L'odeur de laurier qu'on rencontre à Fiesole au coin de chaque rue.

*

15 sept.

Au cloître de San Francesco à Fiesole, une petite cour bordée d'arcades, gonflée de fleurs rouges [1], de soleil et d'abeilles jaunes et noires. Dans un coin, un arrosoir vert. Partout, des mouches bourdonnent. Recuit de chaleur, le petit

1. *Noces*, p. 82 à 85, éd. 1950).

jardin fume doucement. Je suis assis par terre et je pense à ces franciscains dont j'ai vu les cellules tout à l'heure, dont je vois maintenant les inspirations, et je sens bien que, s'ils ont raison, c'est avec moi qu'ils ont raison. Derrière le mur où je m'appuie, je sais qu'il y a la colline qui dévale vers la ville et cette offrande de tout Florence avec ses cyprès. Mais cette splendeur du monde est comme la justification de ces hommes. Je mets tout mon orgueil à croire qu'elle est aussi la mienne et celle de tous les hommes de ma race — qui savent qu'un point extrême de pauvreté rejoint toujours le luxe et la richesse du monde. S'ils se dépouillent, c'est pour une plus grande vie (et non pour une autre vie). C'est le seul sens que je consente à entendre dans le mot « dénuement ». « Etre nu » garde toujours un sens de liberté physique et cet accord de la main et des fleurs, cette entente amoureuse de la terre et de l'homme délivré de l'humain, ah, je m'y convertirais bien si elle n'était déjà ma religion.

Aujourd'hui, je me sens libre à l'égard de mon passé et de ce que j'ai perdu. Je ne veux que ce resserrement et cet espace clos — cette lucide et patiente ferveur. Et comme le pain chaud qu'on presse et qu'on fatigue, je veux seulement tenir ma vie entre mes mains, pareil à ces hommes qui ont su renfermer leur vie entre des fleurs et des colonnes. Ainsi encore de ces longues nuits de train où l'on peut se parler et se préparer à vivre, soi devant soi, et cette admirable patience à reprendre des idées, à les arrêter dans leur fuite, puis à avancer encore. Lécher sa vie comme un sucre d'orge, la former, l'aiguiser, l'aimer enfin, comme on cherche le mot, l'image, la phrase définitive, celui ou celle qui conclut, qui arrête, avec quoi on partira et qui fera désormais toute la couleur de notre regard. Je puis bien m'arrêter là, trouver enfin le terme d'un an de vie effrénée et surmenée. Cette présence de moi-même à moi-même, mon effort est de la mener jusqu'au bout, de la maintenir devant tous les visages de ma vie — même au prix de la solitude que je sais maintenant si difficile à supporter. Ne pas céder : tout est là. Ne pas consentir, ne pas trahir. Toute ma violence m'y aide et le point où elle me porte mon amour m'y rejoint et, avec lui, la furieuse passion de vivre qui fait le sens de mes journées.

Chaque fois que l'on (que je) cède à ses vanités, chaque fois qu'on pense et vit pour « paraître », on trahit. A chaque fois, c'est toujours le grand malheur de vouloir paraître qui m'a diminué en face du vrai. Il n'est pas nécessaire de se livrer aux autres, mais seulement à ceux qu'on aime. Car alors ce n'est plus se livrer pour paraître mais seulement pour donner. Il y a beaucoup plus de force dans un homme qui ne paraît que lorsqu'il le faut. Aller jusqu'au bout, c'est savoir garder son secret. J'ai souffert d'être seul, mais pour avoir gardé mon secret, j'ai vaincu la souffrance d'être seul. Et aujourd'hui, je ne connais pas de plus grande gloire que de vivre seul et ignoré. Ecrire, ma joie profonde ! Consentir au monde et au jouir — mais seulement dans le dénuement. Je ne serais pas digne d'aimer la nudité des plages si je ne savais demeurer nu devant moi-même. Pour la première fois, le sens du mot bonheur ne me paraît pas équivoque. Il est un peu le contraire de ce qu'on entend par l'ordinaire « je suis heureux ».

Une certaine continuité dans le désespoir finit par engendrer la joie. Et les mêmes hommes qui, à San Francesco, vivent devant les fleurs rouges, ont dans leur cellule le crâne de mort qui nourrit leurs méditations, Florence à leur fenêtre et la mort sur la table. Pour moi, si je me sens à un tournant de ma vie, ce n'est pas à cause de ce que j'ai acquis, mais de ce que j'ai perdu. Je me sens des forces extrêmes et profondes. C'est grâce à elles que je dois vivre comme je l'entends. Si aujourd'hui me trouve si loin de tout, c'est que je n'ai d'autre force que d'aimer et d'admirer. Vie au visage de larmes et de soleil, vie sans le sel et la pierre chaude, vie comme je l'aime et je l'entends, il me semble qu'à la caresser, toutes mes forces de désespoir et d'amour se conjugueront. Aujourd'hui n'est pas comme une halte entre oui et non. Mais il est oui et il est non. Non et révolte devant tout ce qui n'est pas les larmes et le soleil. Oui à ma vie dont je sens pour la première fois la promesse à venir. Une année brûlante et désordonnée qui se termine et l'Italie ; l'incertain de l'avenir, mais la liberté absolue à l'égard de mon passé et de moi-même. Là est ma pauvreté et ma richesse unique. C'est comme si je recommençais la partie ; ni plus heureux ni plus malheureux. Mais avec la conscience de mes forces, le mépris de mes vanités, et cette fièvre, lucide, qui me presse en face de mon destin.

15 sept. 37.

CAHIER N° II

septembre 1937
avril 1939

22 septembre.

La Mort heureuse. « — Voyez-vous, Claire, c'est assez difficile à expliquer. Il n'y a qu'une question : savoir ce qu'on vaut. Mais pour ça, il faut laisser Socrate de côté. Pour se connaître, il faut agir, ce qui ne veut pas dire qu'on puisse se définir. Le culte du moi ! Laissez-moi rire. Quel moi et quelle personnalité ? Quand je regarde ma vie et sa couleur secrète, c'est en moi comme un tremblement de larmes. Je suis aussi bien ces lèvres que j'ai baisées que ces nuits de la « maison devant le monde », cet enfant pauvre que cette folie de vivre et d'ambition qui m'emporte à certains moments. Beaucoup qui me connaissent ne me reconnaissent pas à certaines heures. Et moi je me sens partout semblable à cette image inhumaine du monde qui est ma propre vie.

— Oui, dit Claire, vous jouez sur deux plans à la fois.

— Sans doute. Mais quand j'avais vingt ans,

je lisais comme tout le monde que la vie pouvait être une comédie, etc. Mais ce n'est pas ça que je veux dire. Plusieurs vies, plusieurs plans, certes. Mais quand l'acteur est sur scène, la convention est acceptée. Non, Claire, nous savons bien que c'est sérieux, — il y a quelque chose qui nous le dit.

— Pourquoi ? dit Claire.

— Parce que, si l'acteur jouait sans savoir qu'il joue une pièce, alors ses larmes seraient des larmes et sa vie serait une vie. Et chaque fois que je songe à ce cheminement de douleur et de joie en moi, je sais bien, et avec quel emportement, que la partie que je joue est la plus sérieuse et la plus exaltante de toutes.

« Et moi, je veux être cet acteur parfait. Je me moque de ma personnalité et n'ai que faire de la cultiver. Je veux être ce que ma vie me fait et non faire de ma vie une expérience. C'est moi l'expérience et c'est la vie qui me façonne et me dirige. Si j'avais assez de force et de patience, je sais bien à quel degré de parfaite impersonnalité j'arriverais, jusqu'à quelle poussée de néant actif mes forces pourraient aller. Ce qui m'a toujours arrêté, c'est ma vanité personnelle. Aujourd'hui, je comprends qu'agir, aimer et souffrir, c'est vivre en effet, mais c'est vivre dans la mesure où c'est être transparent et accepter son destin comme le reflet unique d'un arc-en-ciel de joies et de passions.

La route, etc...

Mais pour cela il faut du temps, j'ai du temps maintenant.

Claire, longtemps silencieuse, regarda Patrice en face et dit lentement :

— Beaucoup de douleurs attendent ceux qui vous aiment.

Patrice se leva, quelque chose de désespéré dans le regard, et dit violemment :

— L'amour qu'on me porte ne m'oblige à rien.

— C'est vrai, dit Claire. Mais je constatais. (Vous resterez seul, un jour.) »

*

23 septembre. De K.[1] in R.P. (Riens philosophiques).

« Le langage a raison dans le mot passion d'insister sur la souffrance de l'âme ; alors que l'emploi du mot passion nous fait penser plutôt à l'impétuosité convulsive qui nous étonne, et oublier ainsi qu'il s'agit d'une souffrance (orgueil — défi). »

id. L'acteur (de vie) parfait c'est celui qui « est agi » — et qui le sait — la passion passive.

*

« Il s'éveilla en sueur, débraillé, erra un moment dans l'appartement. Puis il alluma une

1. Kierkegaard. Albert Camus a longuement traité de ce philosophe dans *Le Mythe de Sisyphe*.

cigarette et assis, la tête vide, il regarda les plis de son pantalon froissé. Dans sa bouche, il y avait toute l'amertume du sommeil et de la cigarette. Autour de lui, sa journée flasque et molle clapotait comme de la vase[1]. »

*

Rama Krishna, à propos du marchandage :
« L'homme vraiment sage est celui qui n'a de dédain pour rien. »
Ne pas confondre idiotie et sainteté.

*

23 septembre.
Solitude, luxe des riches.

*

26 septembre.
1) Faire précéder roman de fragments de journal (fin).
2) Porter sa lucidité jusque dans l'extase.
Description concrète : Disparition des amis.
Tramways (fin des services ?)
Idées — leitmotiv.
Il s'enfonçait de silence en silence, se blottissait en lui-même...

1. Fragment pour *La Mort Heureuse.*

... Arrivé au point où la lucidité peut se renverser. Immense effort : revient au monde — gouttes de sueur — pense aux jambes ouvertes de femme — Va vers le balcon et se déverse tout entier dans le monde de chair et de lumières. « C'est hygiénique. »

Puis prend une douche et fait de l'extenseur.

*

(Traité Théologico-Politique.)

*

Dans Georges Sorel[1]. A dédier à « l'humanisme de gauche » qui veut nous faire prendre Helvétius, Diderot et Holbach pour le sommet de la littérature française.

L'idée du progrès qui infeste les mouvements ouvriers est une idée bourgeoise issue du XVIIIe. « Tous nos efforts doivent tendre à empêcher que les idées bourgeoises ne viennent empoisonner la classe qui monte : c'est pourquoi on ne saura jamais assez faire pour briser tout lien entre le peuple et la littérature du XVIIIe. » (*Illusion du Progrès,* p. 285 et 286.)

1. Georges Sorel. (1847-1922). Ancien polytechnicien, séduit par le bolchévisme. Pessimiste et anti-intellectualiste, syndicaliste antiparlementaire, il a exalté la violence et la grève générale. Son influence a été considérable tant sur Lénine que sur Mussolini.

*

30 septembre.

Je finis toujours par avoir fait le tour d'un être. Il suffit d'y mettre le temps. Il vient toujours un moment où je sens la cassure. Ce qui est intéressant c'est que c'est toujours au moment où, devant une chose, je le sens « non-curieux ».

*

Dialogue.

— Et que faites-vous dans la vie ?

— Je dénombre, Monsieur.

— Quoi ?

— Je dénombre. Je dis : un, la mer, deux, le ciel (ah que c'est beau !), trois, les femmes, quatre, les fleurs (ah ! que je suis content !).

— Ça finit dans la niaiserie, alors.

— Mon Dieu, vous avez l'opinion de votre journal du matin. Moi, j'ai l'opinion du monde. Vous pensez avec *L'Echo de Paris* et je pense avec le monde. Quand il est dans la lumière, quand le soleil tape, j'ai envie d'aimer et d'embrasser, de me couler dans des corps comme dans des lumières, de prendre un bain de chair et de soleil. Quand le monde est gris, je suis mélancolique et plein de tendresse. Je me sens meilleur, capable d'aimer au point de me marier. Dans un cas comme dans l'autre, ça n'a pas d'importance.

Après son départ :
1) — C'est un imbécile.
2) — Un prétentieux.
3) — Un cynique.

— Mais non, dit l'institutrice, c'est un enfant gâté ; ça se voit, allez. Un fils de famille qui n'a pas connu la vie.

(Parce qu'il est de plus en plus entendu que, pour trouver que la vie peut être belle et facile, il faut ne l'avoir pas connue.)

*

30 septembre.

C'est pour briller plus vite qu'on ne consent pas à réécrire. Méprisable. A recommencer.

*

2 octobre.

« Il marcha sans arrêt dans des rues boueuses sous une petite pluie fine. Il ne voyait pas plus loin que quelques pas devant lui. Mais il marchait tout seul dans cette petite ville si éloignée de tout. De tout et de lui-même. Non, ce n'était plus possible. Pleurer devant un chien et devant tout le monde. Il voulait être heureux. Il avait le droit d'être heureux. Il n'avait pas mérité ça. »

*

4 octobre.

« J'ai vécu jusqu'à ces jours derniers avec l'idée qu'il fallait faire quelque chose dans la vie et plus précisément que, pauvre, il fallait gagner sa vie, avoir une situation, s'installer. Et il faut croire que cette idée, que je n'ose encore appeler préjugé, était bien enracinée en moi, puisqu'elle durait malgré mes ironies et mes paroles définitives à ce sujet. Et là, une fois nommé à Bel-Abbès[1], devant ce qu'avait de définitif une semblable installation, tout a soudain reflué. Je me suis refusé à cela, comptant pour rien sans doute ma sécurité au regard de mes chances de vraie vie. J'ai reculé devant le morne et l'engourdissant de cette existence. Si j'avais dépassé les premiers jours j'aurais certainement consenti. Mais là était le danger. J'ai eu peur, peur de la solitude et du définitif. D'avoir rejeté cette vie, de m'être fermé tout ce qu'on appelle « l'avenir », de rester encore dans l'incertitude et la pauvreté, je ne saurais pas dire aujourd'hui si ce fut force ou faiblesse. Mais je sais du moins que, si conflit il y a, c'est pour quelque chose qui en valait la peine. A moins qu'à bien voir... Non. Ce qui m'a fait fuir, c'était sans doute moins de me sentir installé que de me sentir installé dans quelque chose de laid.

1. Camus avait été nommé professeur au Collège de Sidi Bel-Abbès.

Maintenant, suis-je capable de ce que les autres appellent le « sérieux » ? Suis-je un paresseux ? Je ne crois pas et je m'en suis donné des preuves. Mais a-t-on le droit de refuser la peine sous prétexte qu'elle ne vous plaît pas ? Je pense que l'oisiveté ne désagrège que ceux qui manquent de tempérament. Et si j'en manquais, il ne me resterait qu'une solution. »

*

10 octobre.

Avoir ou n'avoir pas de valeur. Créer ou ne pas créer. Dans le premier cas, tout est justifié. Tout, sans exception. Dans le second cas, c'est l'Absurdité complète. Il reste à choisir le suicide le plus esthétique : mariage + 40 heures ou revolver.

*

Dans le chemin de la Madeleine — encore cet immense désir de dépouillement devant une nature aussi belle que celle-là.

*

15 octobre.

Giraudoux (pour une fois)[1] « L'innocence d'un

1. Albert Camus a consacré par ailleurs à Giraudoux une note critique dans *Alger-Républicain* (1938).

être est l'adaptation absolue à l'univers dans lequel il vit. »

Ex. : innocence du loup.

L'innocent est celui qui n'explique pas.

*

17 octobre.

Dans les chemins au-dessus de Blida, la nuit comme un lait et une douceur, avec sa grâce et sa méditation. Le matin sur la montagne avec sa chevelure rase ébouriffée de colchiques — les sources glacées — l'ombre et le soleil — mon corps qui consent puis refuse. L'effort concentré de la marche, l'air dans les poumons comme un fer rouge ou un rasoir affilé — tout entier dans cette application et ce surpassement qui s'efforcent à triompher de la pente — comme une connaissance de soi par le corps. Le corps, vrai chemin de la culture, il nous montre nos limites.

*

Des villages groupés autour de points naturels et vivant chacun de sa vie propre. Des hommes vêtus d'étoffes blanches et longues, dont les gestes précis et simples se détachent sur le ciel toujours bleu. Les petits chemins bordés de figuiers de Barbarie, d'oliviers, de caroubiers et de jujubiers. On y croise des hommes avec des ânes chargés d'olives. Les visages sont bruns et les yeux clairs.

Et de l'homme à l'arbre, du geste à la montagne, naît une sorte de consentement à la fois pathétique et joyeux. La Grèce ? non, la Kabylie. Et c'est comme si tout d'un coup, à des siècles de distance, l'Hellade tout entière transportée entre la mer et les montagnes renaissait dans sa splendeur antique, à peine accusée dans sa paresse et son respect du Destin par le voisinage de l'Orient.

*

18 octobre.

Au mois de septembre, les caroubiers mettent une odeur d'amour sur toute l'Algérie, et c'est comme si la terre entière reposait après s'être donnée au soleil, son ventre tout mouillé d'une semence au parfum d'amandes.

Dans le chemin de Sidi-Brahim, après la pluie, l'odeur d'amour descend des caroubiers, lourde et oppressante, pesant de tout son poids d'eau. Puis le soleil pompant toute l'eau, dans les couleurs à nouveau éclatantes, l'odeur d'amour devient légère, à peine sensible aux narines. Et c'est comme une maîtresse avec qui l'on sort dans la rue, après tout un après-midi étouffant, et qui vous regarde, épaule contre épaule, parmi les lumières et la foule.

*

Huxley. « Après tout, il vaut mieux être un

bon bourgeois comme les autres qu'un mauvais bohème ou qu'un faux aristocrate, ou qu'un intellectuel de deuxième ordre... »

*

20 octobre.

L'exigence du bonheur et sa recherche patiente[1]. Il n'y a pas de nécessité à exiler une mélancolie, mais il y en a une à détruire en nous ce goût du difficile et du fatal. Etre heureux avec ses amis, en accord avec le monde, et gagner son bonheur en suivant une voie qui pourtant mène à la mort.

« Vous tremblerez devant la mort. »

« Oui, mais je n'aurai rien manqué de ce qui fait toute ma mission et c'est de vivre. » Ne pas consentir à la convention et aux heures de bureau. Ne pas renoncer. Ne jamais renoncer — exiger toujours plus. Mais être lucide même pendant ces heures de bureau. Aspirer à la nudité où nous rejette le monde, sitôt que nous sommes seuls devant lui. Mais surtout, pour être, ne pas chercher à paraître.

*

21 octobre.

Il faut singulièrement plus d'énergie pour

1. Fragment pour *La Mort heureuse*.

voyager pauvrement que pour jouer au voyageur traqué. Prendre un pont sur les bateaux, arriver fatigué et creusé par l'intérieur, voyager longuement en troisième, ne faire souvent qu'un repas par jour, compter son argent et craindre à chaque minute qu'un accident inconsidéré n'interrompe un voyage par lui-même déjà si dur, tout cela demande un courage et une volonté qui défendent qu'on prenne au sérieux les prêches sur le « déracinement ». Ce n'est pas gai de voyager, ni facile. Et il faut avoir le goût du difficile et l'amour de l'inconnu pour réaliser ses rêves de voyage lorsqu'on est pauvre et sans argent. Mais à bien voir, cela prévient contre le dilettantisme et sans doute je ne dirai pas que ce qui manque à Gide et à Montherlant, c'est d'avoir des réductions sur les trains qui les contraignent du même coup à rester six jours dans une même ville. Mais je sais bien que je ne puis au fond voir les choses comme Montherlant ou Gide — à cause des réductions sur les trains.

*

25 octobre.

Le bavardage — ce qu'il a d'insupportable et de dégradant.

*

5 novembre.

Cimetière d'El Kettar. Un ciel couvert et une

mer grosse face aux collines pleines de tombes blanches. Les arbres et la terre mouillés. Des pigeons entre les dalles blanches. Un seul géranium à la fois rose et rouge, et une grande tristesse perdue et muette qui nous rend familier le beau visage pur de la mort.

*

6 novembre.

Chemin de la Madeleine. Des arbres, de la terre et du ciel. Ah ! de mon geste à cette première étoile qui nous attendait au retour, quelle distance à la fois, et quelle secrète entente.

*

7 novembre.

Personnage. A. M. infirme — amputé des deux jambes — paralysé d'un côté [1].

« On m'aide à faire mes besoins. On me lave. On m'essuie. Je suis à peu près sourd. Eh bien, je ne ferai jamais un geste pour abréger une vie à laquelle je crois tant. J'accepterais pire encore. D'être aveugle et sans aucune sensibilité — d'être muet et sans contact avec l'extérieur — pourvu seulement que je sente en moi cette flamme sombre et ardente qui est moi et moi vivant — remerciant encore la vie pour m'avoir permis de brûler. »

1. Ce personnage est Zagreus, que Mersault assassine dans *La Mort heureuse.*

*

8 novembre.

Au cinéma de quartier, on vend des pastilles de menthe où est écrit : « M'épouserez-vous un jour ? » « M'aimez-vous ? » Et les réponses : « Ce soir », « Beaucoup », etc. On les passe à sa voisine qui répond de la même manière. Des vies s'engagent sur un échange de pastilles de menthe.

*

13 novembre.

Cviklinsky[1]. « J'ai toujours agi par dépit. Maintenant ça va mieux. Agir de façon à être heureux ? Si je dois m'installer, le faire plutôt dans ce pays qui me plaît ? Mais l'anticipation sentimentale est toujours fausse — toujours. Alors il faut vivre comme il nous est le plus facile de vivre. Ne pas se forcer, même si ça choque. C'est un peu cynique, mais c'est aussi le point de vue de la plus belle fille du monde. »

Oui, mais je ne suis pas sûr que toute anticipation sentimentale soit fausse. Elle est seulement déraisonnable. En tout cas, la seule expérience qui m'intéresse, c'est celle où justement tout se

1. Médecin algérois et philosophe, ami d'Albert Camus.

trouverait être comme on l'attendait. *Faire une chose pour être heureux, et en être heureux.* Ce qui m'attire, c'est ce lien qui va du monde à moi, ce double reflet qui fait que mon cœur peut intervenir et dicter mon bonheur jusqu'à une limite précise où le monde alors peut l'achever ou le détruire.

Aedificabo et destruam, dit Montherlant. J'aime mieux : Aedificabo et destruat. L'alternance ne va pas de moi à moi. Mais du monde à moi et de moi au monde. Question d'humilité.

*

16 novembre.

Il dit : « Il faut avoir un amour — un grand amour dans sa vie, parce que ça fait un alibi pour les désespoirs sans raison dont nous sommes accablés. »

*

17 novembre.

« Volonté du Bonheur ».

3e partie. Réalisation du bonheur.

Plusieurs années. Succession du temps dans les saisons et rien que cela.

1re partie (fin). Infirme qui dit à Mersault : « L'Argent. C'est par une sorte de snobisme spirituel qu'on veut essayer de croire qu'on peut être heureux sans argent. »

M., rentrant chez lui, examine les événements de sa vie à la lumière de ces faits. Réponse : oui.

Pour un homme « bien né », être heureux c'est reprendre le destin de tous non pas avec la volonté du renoncement, mais avec la volonté du bonheur. Pour être heureux, il faut du temps, beaucoup de temps. Le bonheur lui aussi est une longue patience. Et le temps, c'est le besoin d'argent qui nous le vole. Le temps s'achète. Tout s'achète. Etre riche, c'est avoir du temps pour être heureux quand on est digne de l'être [1].

*

22 novembre.

Il est normal de donner un peu de sa vie pour ne pas la perdre tout entière. Six ou huit heures par jour pour ne pas crever de faim. Et puis tout est profit à qui veut profiter.

*

Décembre.

Une pluie épaisse comme une huile sur les vitres, le bruit creux du sabot des chevaux et l'averse sourde et persistante, tout prenait un visage de passé dont la lourde mélancolie pénétrait le cœur de Mersault comme l'eau ses souliers humides et le froid ses genoux mal protégés par

1. Fragment pour *La Mort heureuse.*

une étoffe mince. De tout le fond du ciel, des nuages noirs arrivaient sans cesse, bientôt disparus et bientôt remplacés. Cette eau vaporisée qui descendait, ni brume ni pluie, lavant le visage de M. comme une main légère, mettait à nu ses yeux largement cernés. Le pli de son pantalon avait disparu et, avec lui, cette chaleur et cette confiance qu'un homme normal promène dans un monde qui est fait pour lui [1].

(A Salzbourg.)

*

Ironie avec Marthe — la quitte.

*

Le type qui donnait toutes les promesses et qui travaille maintenant dans un bureau [2]. Il ne fait rien d'autre part, rentrant chez lui, se couchant et attendant l'heure du dîner en fumant, se couchant à nouveau et dormant jusqu'au lendemain. Le dimanche, il se lève très tard et se met à sa fenêtre, regardant la pluie ou le soleil, les passants ou le silence. Ainsi toute l'année. Il attend. Il attend de mourir. A quoi bon les promesses, puisque de toutes façons...

1. Fragment pour *La Mort heureuse.*
2. Fragment pour *La Mort heureuse* : Camus s'en inspirera aux pages 34 à 38 de *L'Étranger* (édit. de 1947).

*

La politique et le sort des hommes sont formés par des hommes sans idéal et sans grandeur. Ceux qui ont une grandeur en eux ne font pas de politique. Ainsi de tout. Mais il s'agit maintenant de créer en soi un nouvel homme. Il s'agit que les hommes d'action soient aussi des hommes d'idéal et les poètes industriels. Il s'agit de vivre ses rêves — de les agir. Avant, on y renonçait ou s'y perdait. Il faut ne pas s'y perdre et n'y pas renoncer [1].

*

Nous n'avons pas le temps d'être nous-mêmes. Nous n'avons que le temps d'être heureux.

*

Oswald Spengler (*Déclin de l'Occident*) : I. Forme et réalité :

« J'appelle comprendre le monde être à sa hauteur. »

« Celui qui définit ne connaît pas le destin. »

« Il existe dans la vie, outre la nécessité causale — que j'appellerai la logique de l'espace — également la nécessité organique du destin — la logique du temps... »

1. Réflexions dont on trouvera comme un écho dans *Caligula*.

Universitas
BIBLIOTHECA

Absence du sens historique chez les Grecs. « L'histoire, de l'antiquité jusqu'aux guerres persiques, est le produit d'une pensée essentiellement mythique. »

La colonne égyptienne était dans le début une colonne en pierre, la colonne dorique était une colonne en bois. L'âme attique exprimait par là sa profonde hostilité envers la durée. « La culture égyptienne, incarnation du souci. » Les Grecs, peuple heureux, n'ont pas d'histoire.

Le mythe et sa signification antipsychologique. Au début de l'histoire spirituelle d'Occident, au contraire, se place un fragment d'auto-analyse intime et c'est la Vita Nuova d'Occident. (Cf. au contraire : fragments mythiques d'Héraclès : les mêmes d'Homère aux tragédies de Sénèque. Un millénaire. C'est-à-dire : Antique = présent.)

Ex. : « C'étaient les Allemands qui inventèrent les horloges mécaniques, effrayants symboles du temps qui s'écoule, dont les coups sonores, retentissant jour et nuit des tours innombrables pardessus l'Europe Occidentale, sont peut-être l'expression la plus gigantesque dont soit jamais capable un sentiment historique de l'univers. »

« Hommes de culture européo-occidentale, doués de sens historique, nous sommes une exception, non la règle. »

Stupidité du schème : Antiquité — Moyen Age — Temps Modernes.

« Que signifie le type du surhomme pour le monde de l'Islam ? »

« La civilisation est le destin d'une culture. Ainsi le Romain succède à l'Hellène. *Ame* grecque et *intelligence* romaine. Le passage de la culture à la civilisation s'accomplit dans l'antiquité au IVe siècle, en Occident au XIXe siècle.

Notre littérature et notre musique le sont pour des citadins.

Ainsi faisons-nous de l'Histoire de la Philosophie l'unique thème sérieux de toute philosophie.

Toute la question :

l'antithèse de l'histoire et de la nature

les Mathématiques Histoire

et tableaux (à revoir).

*

Décembre.

Ce qui l'émouvait, c'était sa façon de s'accrocher à ses vêtements, de le suivre en pressant son bras, cet abandon et cette confiance qui touchait l'homme en lui. Son silence aussi qui la mettait tout entière dans son geste du moment et parfaisait sa ressemblance avec les chats, jointe à la gravité qu'elle mettait dans ses baisers...

Dans la nuit, il sentit sous ses doigts les pommettes glacées et saillantes et les lèvres chaudes d'une tiédeur où le doigt enfonçait[1]. Alors ce

1. Fragment pour *La Mort heureuse.*

fut en lui comme un grand cri désintéressé et ardent. Devant la nuit chargée d'étoiles à craquer, et la ville, comme un ciel renversé, gonflé des lumières humaines, sous le souffle chaud et profond qui montait du port vers son visage, lui venait la soif de cette source tiède, la volonté sans frein de saisir sur ces lèvres vivantes tout le sens de ce monde inhumain et endormi, comme un silence enfermé dans sa bouche. Il se pencha et ce fut comme s'il posait ses lèvres sur un oiseau. Marthe gémit. Il mordit dans les lèvres et, durant des minutes, bouche contre bouche, aspira cette tiédeur qui le transportait, comme s'il serrait le monde dans ses bras. Elle, cependant, s'accrochait à lui, comme noyée, surgissait par éclairs de ce grand trou profond où elle était jetée, repoussait alors ces lèvres qu'elle attirait ensuite, retombant alors dans les eaux glacées et noires qui la brûlaient comme un peuple de dieux.

*

Décembre.

Un homme qui a le sens du jeu est toujours heureux dans la société des femmes. La femme est bon public.

*

C'est toujours au début que lassent les choses lassantes. Après, c'est la mort. « Je ne pourrai jamais mener cette vie » ; mais c'est de la mener qui permet de l'accepter.

*

Roman. Ire p. Partie de cartes (brisque). Les conversations.

« Nous autres, les zouaves... »

« Avec mon mari... »

Un type noir : « Tu me dégoûtes. Tu me dégoûtes. Et j'vais te dire pourquoi. Parce que t'y es un petit renfermé. Moi j'aime pas les petits renfermés. *Tu ne sais pas vivre.* »

(Parc Saint-Raphaël.)

Roman. Titres : Un cœur pur
Les heureux sur la terre
Le rayon doré.

*

— Connaissez-vous beaucoup d'hommes « aimants » qui refuseraient une jolie femme s'offrant ? Et encore, s'il en existe, c'est par manque de tempérament.

— Vous appelez tempérament l'absence de tout sentiment sérieux.

— Exactement. (Du moins au sens où vous prenez « sérieux ».)

*

Roman. Ire P.

Habitation de Zagreus à la campagne en banlieue. Assassinat. La pièce est trop chauffée. Mersault qui sent ses oreilles rougir suffoque. Il s'enrhume en sortant (de là la maladie qui l'abattra).

Ch. IV : conversation avec Z. entamée par « impersonnalité ».

— Oui, dit Z., mais ça vous ne pouvez pas le faire en travaillant.

— Non, parce que je suis en état de révolte et ça, c'est mauvais.

... Au fond, dit M., je suis un dangereux exalté.

*

Roman. IVe p. Une femme passive[1].

« L'erreur, dit M., est de croire qu'il faut choisir, qu'il faut faire ce qu'on veut, qu'il y a des conditions du bonheur. Le Bonheur est ou il n'est pas. C'est la volonté du bonheur qui compte, une sorte d'énorme conscience toujours présente. Le reste, femmes, œuvre d'art, succès mondains, ne sont que prétextes. Un canevas qui attend nos broderies. »

*

Roman. IIIe P.

A quelque temps de là, Mersault annonça son départ. Il allait voyager d'abord et se fixer ensuite

1. Fragment pour *La Mort heureuse.*

dans les environs d'Alger. Un mois après, il était de retour, certain désormais que le voyage figurait une vie fermée pour lui. Le voyage lui paraissait ce qu'il est au vrai, un bonheur d'inquiet. Ce n'est pas cela que voulait M. à la recherche d'une félicité consciente. Aussi bien, il se sentait malade et il savait ce qu'il voulait. Pour la deuxième fois, il se prépara à quitter la Maison devant la mer.

*

Février 38.

Ici, les hommes sont sensibles au destin. C'est ce qui les distingue.

*

La souffrance de n'avoir pas tout en commun et le malheur d'avoir tout en commun.

*

Février 38.

L'esprit révolutionnaire est tout entier dans une protestation de l'homme contre la condition de l'homme[1]. En ce sens il est, sous des formes diverses, le seul thème éternel de l'art et de la

1. Ces réflexions, qui ne sont pas sans rapport avec l'idée que Malraux se fait de la révolution et de l'art, préfigurent les thèmes majeurs de *L'Homme révolté*.

religion. Une révolution s'accomplit toujours contre les Dieux — à commencer par celle de Prométhée. C'est une revendication de l'homme contre son destin dont tyrans et guignols bourgeois ne sont que des prétextes.

Et sans doute cet esprit, on peut le saisir dans son acte historique. Mais il faut toute l'émotion de Malraux pour ne pas céder alors à la volonté de prouver. Il est plus simple de le trouver dans son essence et son destin. A ce titre, une œuvre d'art qui retracerait la conquête du bonheur serait une œuvre révolutionnaire.

*

Trouver une démesure dans la mesure.

*

Avril 38.

Ce qu'il y a de sordide et de misérable dans la condition d'un homme travaillant et dans une civilisation fondée sur des hommes travaillant.

Mais il s'agit de tenir et de ne pas lâcher prise. La réaction naturelle est toujours de se disperser hors du travail, de créer autour de soi des admirations faciles, un public, un prétexte à lâchetés et comédies (la plupart des foyers sont créés pour ça). Une autre réaction inévitable est de faire des phrases. Ça peut d'ailleurs coller ensemble, si on y ajoute le laisser-aller physique, l'inculture du corps et le relâchement de la volonté.

Il s'agit d'abord de se taire — de supprimer le public et de savoir se juger. D'équilibrer une attentive culture du corps avec une attentive conscience de vivre. D'abandonner toute prétention et de s'attacher à un double travail de libération — à l'égard de l'argent et à l'égard de ses propres vanités et de ses lâchetés. Vivre en règle. Deux ans ne sont pas de trop dans une vie pour réfléchir sur un seul point. Il faut liquider tous les états antérieurs et mettre toute sa force d'abord à ne rien désapprendre, ensuite à patiemment apprendre.

A ce prix-là, il y a une chance sur dix d'échapper à la plus sordide et la plus misérable des conditions : celle de l'homme qui travaille.

*

Avril.

Expédier 2 Essais. *Caligula.* Aucune importance. Pas assez mûr. Publier à Alger.

Reprendre : Philosophie et Culture. Tout lâcher pour ça : Thèse

soit Biologie + agrégation

soit Indochine.

Noter *tous les jours* dans ce cahier : Dans deux ans écrire *une œuvre.*

*

Avril 38.

Melville[1] court l'aventure et finit dans un bureau. Il meurt inconnu et pauvre. A force de solitude et d'isolement (ça n'est pas la même chose) on doit finir par user même la méchanceté et les calomnies. Mais il faut à tout instant prévenir en soi la méchanceté et la calomnie.

*

Mai.

Nietzsche. Condamnation de la Réforme qui sauve le christianisme contre les principes de vie et d'amour que lui infusait César Borgia. Le pape Borgia justifiait enfin le christianisme.

*

Ce qui m'attire dans une idée, c'est ce qu'elle a de piquant et d'original — de neuf et de superficiel. Il faut bien l'avouer.

*

C. qui joue à séduire, qui donne trop à tout le monde et ne tient jamais. Qui a le besoin d'ac-

1. Camus consacrera plus tard une préface à Melville, l'auteur de *Moby Dick*, dont la technique romanesque a influencé *La Peste*.

quérir, de gagner l'amour et l'amitié et qui est incapable de l'un et de l'autre. Belle figure de roman et lamentable image d'ami.

*

Scène : le mari, la femme et la galerie.

Le premier a de la valeur et aime briller. La seconde se tait, mais par petites phrases sèches, démolit tous les effets du cher époux. Marque ainsi constamment sa supériorité. L'autre se domine mais souffre d'humiliation et c'est comme ça que naît la haine.

Ex. : Avec un sourire : « Ne vous faites pas plus bête que vous n'êtes, mon ami. »

La galerie se tortille et sourit avec gêne. Lui rougit, va vers elle, lui embrasse la main en souriant : « Vous avez raison, ma chérie. »

La face est sauvée et la haine engraisse.

*

Je me souviens encore de cette crise de désespoir qui me saisit lorsque ma mère m'annonça que « maintenant j'étais assez grand et que je recevrais des cadeaux utiles au Jour de l'An ». Aujourd'hui encore je ne peux me défendre d'une crispation secrète lorsque je reçois des cadeaux de cette catégorie. Et sans doute je savais bien qu'alors c'était l'amour qui parlait, mais pourquoi l'amour a-t-il parfois un langage si dérisoire ?

*

Sur une même chose, on ne pense pas de même façon le matin ou le soir. Mais où est le vrai, dans la pensée de la nuit ou l'esprit de midi ? Deux réponses, deux races d'hommes.

*

Mai.

La vieille femme à l'asile de vieillards, qui meurt[1]. Son amie, l'amie qu'elle s'est faite en trois ans, qui pleure « parce qu'elle n'a plus rien ». Le concierge de la petite morgue qui est parisien et qui vit là avec sa femme. « Qui leur aurait dit qu'à 74 ans il finirait dans un asile de vieillards à Marengo ? » Son fils a une situation. Ils sont venus de Paris. La belle-fille ne les a pas voulus. Scènes. Le vieux a fini par « lui lever la main ». Son fils les a mis aux vieillards. Le fossoyeur qui était l'ami de la morte. Ils allaient quelquefois le soir au village. Le petit vieux qui a tenu à suivre le convoi jusqu'à l'église et au cimetière (2 km.). Comme il est infirme, il ne peut tenir le train et marche vingt mètres en arrière. Mais il connaît la campagne et prend

1. Fragment pour *L'Étranger*.

des raccourcis qui lui font rejoindre le convoi deux ou trois fois jusqu'à ce qu'il perde pied à nouveau.

L'infirmière mauresque qui cloue la bière a un chancre au nez et porte un bandeau perpétuel.

Les amis de la morte : Petits vieux mythomanes. Tout était beau dans le passé. L'un à l'autre : « Votre fille ne vous a pas écrit ? — Non. — Elle pourrait se souvenir qu'elle a une mère. »

L'autre est morte — comme un signe et un avertissement pour tous.

*

Juin.

Pour *Mort heureuse* : Une série de lettres de rupture. Thème connu : c'est parce que je t'aime trop.

Et la dernière : un chef-d'œuvre de lucidité. Mais là encore, la part de comédie est inappréciable.

*

Fin. Mersault boit.

« Oh ! dit Céleste[1] en essuyant le zinc. Tu vieillis, Mersault. »

1. Le personnage de Céleste apparaissait lui aussi dans *La Mort heureuse* avant de passer à *L'Étranger*.

Mersault s'arrêta net et posa son verre. Il se regarda dans la glace derrière le comptoir. C'était vrai.

*

Eté à Alger [1].

Pour qui cette gerbe d'oiseaux noirs dans le ciel vert ? L'été aveugle et sourd qui s'infiltre et donne un sens plus pur aux appels des martinets et aux cris des marchands de journaux.

*

Juin. Pour l'été :

1) Finir Florence et Alger.
2) Caligula.
3) Impromptu d'été.
4) Essai sur théâtre.
5) Essai sur 40 heures.
6) Récrire Roman.
7) L'Absurde.

*

Pour Impromptu d'été :

— Spectateur.
— Eh !

1. Pour *Noces*.

— Spectateur.
— Eh !
— Tu es rare, spectateur.
— Comment, rare ? (Il se retourne.)
— Rare, quoi ! Tu n'es pas beaucoup. Tu es quelques-uns.
— On est ce qu'on peut.
— Bien sûr. Tel quel, tu nous conviens.

*

Roman.

— Je suis obligé de reconnaître que j'ai de graves défauts, dit Bernard[1]. Par exemple, je suis menteur.

— ?

— Oh ! je sais bien. Il y a des défauts qu'on n'avoue jamais. D'autres qu'il ne coûte rien de se reconnaître. Avec le ton de la fausse humilité, bien sûr ! « C'est vrai, je suis colère, je suis gourmand. » Dans un sens, ça les flatte. Mais être menteur, vaniteux, envieux, ça ne s'avoue pas. Ce sont les autres qui le sont. Et d'ailleurs, à avouer ses colères, on évite de parler du reste. A quelqu'un qui s'accuse spontanément, vous n'allez pas chercher d'autres défauts n'est-ce pas ?

Moi, je n'ai pas de mérite. Je me suis accepté moi-même. De là que tout soit si simple.

1. Bernard, médecin de *La Mort heureuse*.

*

Caligula : « Ce que vous ne comprendrez jamais, c'est que je suis un homme simple. »

*

Essai sur 40 heures.

Dans ma famille : travail 10 heures. Sommeil. Dimanche-Lundi — Chômage : l'homme pleure. La grande misère de l'homme c'est qu'il ait à pleurer et à souhaiter ce qui l'humilie (concours).

*

« On parle beaucoup en ce moment de la dignité du travail, de sa nécessité. M. Gignoux [1], en particulier, a des opinions très précises sur la question...

Mais c'est une duperie. Il n'y a de dignité du travail que dans le travail librement accepté. Seule l'oisiveté est une valeur morale parce qu'elle peut servir à juger les hommes. Elle n'est fatale qu'aux médiocres. C'est sa leçon et sa grandeur. Le travail au contraire écrase également les hommes. Il ne fonde pas un jugement. Il met en action une métaphysique de l'humiliation. Les meilleurs ne lui survivent pas sous la forme d'es-

1. Il s'agit de l'économiste libéral contemporain.

clavage que la société des bien-pensants actuellement lui donne...

Je propose qu'on renverse la formule classique et qu'on fasse du travail un fruit de l'oisiveté. Il y a une dignité du travail dans les petits tonneaux faits le dimanche. Ici le travail rejoint le jeu et le jeu plié à la technique atteint l'œuvre d'art et la création tout entière...

J'en sais qui s'extasient et s'indignent. Eh ! quoi, mes ouvriers gagnent 40 francs par jour...

Fin du mois où la mère dit avec un sourire encourageant : « Ce soir on boira du café au lait. De temps en temps, ça change... »

Mais du moins ils y pourront faire l'amour...

*

La seule fraternité maintenant possible, la seule qu'on nous offre et qu'on nous permette, c'est la sordide et gluante fraternité devant la mort militaire.

*

Juin.

Au cinéma, la petite Oranaise avec son mari pleure à chaudes larmes devant les malheurs du héros. Son mari la supplie de s'arrêter. Au milieu des pleurs : « Mais enfin, dit-elle, laisse-moi profiter. »

*

La Mort heureuse :

Dans le train, Zagreus est assis en face de lui. Seulement au lieu du foulard noir qu'il portait d'habitude, il a mis une cravate d'été très claire. (Après assassinat, reprend son appartement. N'y change rien. Met seulement une glace neuve.)

*

La tentation commune à toutes les intelligences : le cynisme.

*

Misère et grandeur de ce monde : il n'offre point de vérités mais des amours.

L'Absurdité règne et l'amour en sauve.

*

Il y a une psychologie juste dans les romans-feuilletons. Mais c'est une psychologie généreuse. Elle ne tient pas compte des détails. Elle fait crédit. C'est par là qu'elle est fausse.

*

La vieille femme aux souhaits de Nouvel An :

On ne demande pas grand-chose : du travail et de la santé.

*

Cette singulière vanité de l'homme qui laisse et veut croire que c'est à une vérité qu'il aspire quand c'est un amour qu'il demande à ce monde.

*

C'est une constatation difficile à faire que de comprendre qu'on peut être supérieur à beaucoup sans pour cela être quelqu'un de supérieur. Et que la vraie supériorité...

*

Août.

Une pièce donne sur la cour — ouvre sur une deuxième pièce qui en reçoit le jour et qui, à son tour, débouche dans une troisième sans fenêtre. Dans cette pièce, trois matelas. Trois personnes qui dorment. Mais comme la plus grande largeur de la pièce n'atteint pas la longueur du matelas, on a adossé le haut des matelas contre le mur et les hommes dorment en arc de cercle.

*

L'aveugle qui sort la nuit entre une heure et quatre heures avec un autre ami aveugle. Parce qu'ils sont sûrs de ne rencontrer personne dans les rues. S'ils rencontrent un réverbère, ils peuvent rire à l'aise. Ils rient. Tandis que le jour, il y a la pitié des autres qui les empêche de rire.

« Ecrire, dit cet aveugle. Mais ça n'intéresse personne. Ce qui intéresse dans un livre, c'est la marque d'une existence pathétique. Et nos vies ne sont jamais pathétiques. »

*

Pour écrire, être toujours un peu en deçà dans l'expression (plutôt qu'au-delà). Pas de bavardages en tout cas.

L'expérience « réelle » de la solitude est une des moins littéraires qui soient — à mille lieues de l'idée littéraire qu'on se fait de la solitude.

Cf. ce qu'il y a de dégradant en toutes souffrances. Ne pas se laisser aller au vide. Tâcher de vaincre et de « remplir ». Le temps — ne pas le perdre.

*

La seule liberté possible est une liberté à l'égard de la mort. L'homme vraiment libre est celui qui, acceptant la mort comme telle, en accepte du même coup les conséquences — c'est-à-dire le renversement de toutes les valeurs traditionnelles de la vie. Le « Tout est permis » d'Ivan Karamazov est la seule expression d'une liberté cohérente. Mais il faut aller au fond de la formule[1].

*

21 août 1938.

« Seul celui qui a connu le « présent » sait vraiment ce qu'est l'enfer. » (Jacob Wassermann.)

*

Lois de Manou :

« La bouche d'une femme, le sein d'une jeune fille, la prière d'un enfant, la fumée du sacrifice sont toujours purs. »

*

Sur la mort consciente, cf. Nietzsche. *Crépuscule des Idoles,* p. 203.

Nietzsche : « C'est aux âmes les plus spirituelles, en admettant qu'elles soient les plus courageuses, qu'il est donné de vivre les tragédies les plus douloureuses. Mais c'est bien pour cela qu'elles tiennent la vie en honneur, parce qu'elle leur oppose son plus grand antagonisme. » (*Crépuscule des Idoles.*)

*

Nietzsche. « Que désirons-nous donc à l'aspect

1. Fragment qui servira pour *Le Mythe de Sisyphe.*

de la beauté ? C'est d'être beaux. Nous nous figurons que beaucoup de bonheur y est attaché, mais c'est une erreur. » (*Humain, trop humain.*)

*

L'air est peuplé d'oiseaux cruels et redoutables.

*

Accroître le bonheur d'une vie d'homme, c'est étendre le tragique de son témoignage. L'œuvre d'art (si elle est un témoignage) vraiment tragique doit être celle de l'homme heureux. Parce que cette œuvre d'art sera tout entière soufflée par la mort.

*

Méthode de la météorologie. La température varie d'une minute à l'autre. C'est une expérience trop mouvante pour être stabilisée en concepts mathématiques. L'observation représente ici une coupe arbitraire dans la réalité. Et seule la notion de moyenne permet de fournir une image de cette réalité.

*

Bibliographie Etrusque :

A. Grenier : Recherches Etrusques dans la Revue des Etudes Anciennes, IX, 1935 — 219 sq.

B. Nogara : Les Etrusques et leur civilisation — Paris, 1936.
Fr. de Ruyt : Charon, démon étrusque de la mort. (Référence ?)

*

Belcourt.

La jeune femme dont le mari fait la sieste et ne doit pas être dérangé par les enfants. Deux pièces. Elle met une couverture par terre dans la salle à manger et amuse les enfants sans bruit pour que l'homme puisse dormir. Elle garde la porte du palier ouverte, parce qu'il fait chaud. Elle s'endort quelquefois, on peut la voir en passant, renversée, les enfants silencieux autour d'elle, regardant les légers mouvements de ce corps.

*

Belcourt.

Mis à la porte. N'ose pas lui dire. Parle.

— Eh bien, on boira du café le soir. De temps en temps, ça change.

Il la regarde. Il a souvent lu des histoires de pauvreté où la femme est « vaillante ». Elle n'a pas souri. Elle est repartie dans la cuisine. Vaillante ? Non, résignée.

*

L'ancien boxeur qui a perdu son fils. « Qu'est-ce

qu'on est sur la terre ? Et on se remue, et on se remue. »

*

Belcourt.

Histoire de R.[1] « J'ai connu une dame... c'était pour ainsi dire ma maîtresse... Je me suis aperçu qu'il y avait de la tromperie : Histoire des billets de loterie. (Tu en as acheté un pour moi ?) Histoire de l'ensemble et de la sœur. Histoire des bracelets et de l' « Indication ».

Calcul des 1 300 francs. Elle n'a pas assez comme ça. « Pourquoi tu travailles pas une demi-journée ? Tu me soulagerais bien pour ces petites choses. Je t'ai acheté l'ensemble, je te donne 20 francs par jour, je te paye le loyer et toi, tu prends le café l'après-midi avec tes amies. Tu leur donnes le café et le sucre. Moi, je te donne l'argent. J'ai bien agi avec toi et tu me rends le mal. »

Il demande un conseil. Il a encore « un sentiment pour son coït ». Il veut une lettre avec « des coups de pied » et des « choses pour la faire regretter ».

Ex. « Tu veux t'amuser avec ta chose, c'est tout ce que tu veux. » Et puis : « J'avais cru que... » etc.

« Tu vois pas que le monde, il est jaloux du bonheur que je te donne. »

1. Notations reprises dans *L'Étranger*, avec le personnage de Raymond.

« — Je la tapais, mais tendrement pour ainsi dire. Elle criait, je fermais les volets. »

Idem avec la copine.

Il veut que ce soit elle qui revienne. Personnage tragique dans ce goût de l'humilier. Il l'emmènera dans un hôtel et il appellera les « mœurs ».

Histoire des amis et de la bière. « Vous autres, vous dites que vous êtes du milieu. » « Ils m'ont dit que, si je voulais, ils allaient la marquer. »

Histoire du paletot. Histoire des allumettes.

« Tu connaîtras le bonheur que je te donnais. »

C'est une Arabe.

*

Thème : L'univers de la mort. Œuvre tragique : œuvre heureuse [1].

... — Mais cette vie, Mersault, ne vous satisfait pas si j'en juge par votre ton.

— Elle ne me satisfait pas parce qu'on va me l'ôter — ou plutôt c'est parce qu'elle me satisfait trop que je sens toute l'horreur de la perdre.

— Je ne comprends pas.

— Vous ne voulez pas comprendre.

— Peut-être.

Après un temps, Patrice s'en va.

— Mais Patrice, il y a l'amour.

Il se retourna, le visage décomposé par le désespoir.

1. Fragment pour *La Mort heureuse*.

— Oui, dit Patrice, mais l'amour est de ce monde.

*

Asile de vieillards (le vieux à travers champs)[1]. Enterrement. Le soleil qui fait fondre le goudron de la route — les pieds y enfoncent et laissent ouverte la chair noire. On découvre une ressemblance entre cette boue noire et le chapeau en cuir bouilli du cocher. Et tous ces noirs, noir gluant du goudron ouvert, noir terne des habits, noir laqué de la voiture — le soleil, l'odeur de cuir et de crottin, de vernis, d'encens. La fatigue. Et l'autre, à travers champs.

Il va à l'enterrement parce que c'est sa seule amie. A l'asile, on lui disait comme aux enfants : « Ah c'est votre fiancée. » Et il riait. Et il était content.

*

Personnages.

A) Etienne, personnage « physique » ; l'attention qu'il apporte à son corps :

1° la pastèque
2° la maladie (les points)
3° les besoins naturels — Bon — Chaud, etc.
4° Il rit de plaisir quand ce qu'il mange est bon.

1. Notations reprises dans *L'Étranger*.

B) Marie C.[1]. Son beau-frère et la vie ensemble, « il paye le loyer ».

C) Marie Es. Enfance. Sa position dans la famille. Sa virginité dont tout le monde parle. Saint François d'Assise. Souffrance et humiliation.

D) Mme Leca. Cf. plus haut.

E) Marcel, le chauffeur — et la vieille du café.

*

Nous n'éprouvons pas des sentiments qui nous transforment, mais des sentiments qui nous suggèrent l'idée de transformation. Ainsi l'amour ne nous purge pas de l'égoïsme, mais nous le fait sentir et nous donne l'idée d'une patrie lointaine où cet égoïsme n'aurait plus de part.

*

Reprendre travail sur Plotin[2].

Thème : la Raison plotinienne.

1) La Raison — le concept n'est pas univoque.

Intéressant de considérer son jeu dans l'histoire à un moment où elle doit s'adapter ou périr.

Cf. Diplôme.

C'est la même raison et ce n'est pas la même.

C'est que deux raisons :

1. Marie C. : peut-être Marie Cardona.

2. Camus avait en 1935 consacré son diplôme d'études supérieures de philosophie aux rapports de l'hellénisme et du christianisme chez Plotin et saint Augustin.

l'une éthique, l'autre esthétique.

Creuser : l'image plotinienne comme le syllogisme de cette raison esthétique.

L'image comme la parabole : cet essai pour couler l'indéfinissable du sentiment dans l'indéfinissable évident du concret.

Comme dans toutes les sciences de description (statistiques — qui collectionnent des faits —) le grand problème en météorologie est un problème pratique : celui du remplacement des observations absentes. Et les méthodes d'interpolation qui y suppléent ont toujours recours au concept de moyenne et supposent par là la généralisation et la rationalisation d'une expérience dont il s'agit justement de déceler l'aspect rationnel.

*

Belcourt. Le spéculateur en sucres qui se suicide dans les w.-c.

*

La famille allemande en 14. Quatre mois de répit. On vient chercher le père. Camp de concentration. Quatre ans sans nouvelles. La vie pendant ce temps. Il revient en 19. Tuberculeux. Meurt en quelques mois.

Les petites filles à l'école.

*

Artiste et œuvre d'art. La véritable œuvre d'art est celle qui dit moins. Il y a un certain rapport entre l'expérience globale d'un artiste, sa pensée + sa vie (son système en un sens — omission faite de ce que le mot implique de systématique), et l'œuvre qui reflète cette expérience. Ce rapport est mauvais lorsque l'œuvre d'art donne toute l'expérience entourée d'une frange de littérature. Ce rapport est bon lorsque l'œuvre d'art est une part taillée dans l'expérience, facette de diamant où l'éclat intérieur se résume sans se limiter. Dans le premier cas, il y a surcharge et littérature. Dans le second, œuvre féconde à cause de tout un sous-entendu d'expérience dont on devine la richesse.

Le problème est d'acquérir ce savoir-vivre (avoir vécu plutôt) qui dépasse le savoir-écrire. Et dans la fin, le grand artiste est avant tout un grand vivant (étant compris que vivre, ici, c'est aussi penser sur la vie — c'est même ce rapport subtil entre l'expérience et la conscience qu'on en prend).

*

L'amour pur est un amour mort si l'amour implique une vie amoureuse, la création d'une certaine vie — il n'est alors dans cette vie qu'une perpétuelle référence et c'est sur le reste qu'il faut alors s'entendre.

*

La pensée est toujours en avant. Elle voit trop loin, plus loin que le corps qui est dans le présent.

Supprimer l'espérance, c'est ramener la pensée au corps. Et le corps doit pourrir.

*

Couché, il sourit gauchement et ses yeux brillèrent. Elle sentit tout son amour lui monter à la gorge et des larmes à ses yeux. Elle se jeta sur ses lèvres et écrasa des pleurs entre leurs visages. Elle pleurait dans sa bouche et lui, mordait dans ces lèvres salées toute l'amertume de leur amour.

*

Le cœur sec du créateur.

*

« Si encore je savais lire ! Mais le soir je ne peux pas tricoter à la lumière. Alors je suis obligée de m'étendre et d'attendre. C'est long, deux heures comme ça. Ah ! si j'avais ma petite-fille avec moi, je parlerais avec elle. Mais je suis trop vieille. Peut-être que je sens mauvais. Ma petite-fille ne vient jamais. Alors, comme ça, et toute seule. »

*

2 P.

Aujourd'hui, maman est morte[1]. Ou peut-être hier, je ne sais pas. J'ai reçu un télégramme de l'asile. « Mère décédée. Enterrement demain. Sentiments distingués. » Ça ne veut rien dire. C'est peut-être hier...

Comme disait le concierge : « Dans la plaine, il fait chaud. On enterre plus vite. Surtout ici. » Il m'a dit qu'il était de Paris et qu'il avait eu du mal à s'habituer. Parce que, à Paris, on reste avec le mort deux, trois jours quelquefois. Ici, on n'a pas le temps. On ne s'est pas fait à l'idée que déjà il faut courir derrière le corbillard.

... Mais aussi le convoi allait trop vite. Seulement, le soleil tombait comme une grande brute. Et comme disait justement l'infirmière déléguée : « Si on va doucement, on risque une insolation. Et si on va trop vite, on est en transpiration et, dans l'église, on attrape un chaud et froid. » Elle avait raison. Il n'y avait pas d'issue.

1. Notes pour *L'Étranger*. A ce moment, il semble que Camus ait déjà trouvé le style de son livre.

9

L'employé des Pompes Funèbres m'a dit quelque chose que je n'ai pas entendu. Il s'essuyait le crâne en passant d'une main un mouchoir sous son chapeau qu'il tenait soulevé un moment de l'autre. Je lui ai dit « Comment ? » Il m'a répété en montrant le ciel : « Ça tape. » J'ai dit « Oui. » Un peu après, il m'a demandé « C'est votre mère qui est là ? » J'ai dit « Oui. — Elle était vieille ? » J'ai répondu « Comme ça », parce que je ne savais pas le chiffre exact. Ensuite, il s'est tu.

*

Décembre 38.

Pour *Caligula* : L'anachronisme est ce qu'on peut inventer de plus fâcheux au théâtre. C'est pourquoi Caligula ne prononce pas dans la pièce la seule phrase raisonnable qu'il eût pu prononcer : « Un seul être qui pense et tout est dépeuplé. »

*

Caligula. « J'ai besoin que les êtres se taisent autour de moi. J'ai besoin du silence des êtres et que se taisent ces affreux tumultes du cœur. »

*

15.

Le bagne. Cf. reportage.

*

Au meeting. Le vieux cheminot, propre, bien rasé, sur le bras l'imperméable doublé d'écossais soigneusement plié du côté de la doublure — les chaussures cirées — qui demande si « c'est bien là » que la réunion a lieu, et qui me dit combien il est inquiet lorsqu'il pense à ce que l'ouvrier va devenir.

*

A l'hôpital. Le tuberculeux à qui le médecin avait donné cinq jours à vivre. Il prend les devants et se tranche la gorge d'un coup de rasoir. Il ne peut pas attendre cinq jours, c'est évident.

A un journaliste présent : « N'en parlez pas dans vos journaux, dit l'infirmier. Il a assez souffert comme ça. »

*

Celui qui aime *sur cette terre* et celle qui l'aime avec la certitude de le rejoindre dans l'éternité. Leurs amours ne sont pas à la même mesure.

*

La mort et l'œuvre. Près de mourir, il se fait lire sa dernière œuvre. Ce n'est pas encore ce qu'il avait à dire. Il fait brûler. Et c'est sans consolation qu'il meurt — avec quelque chose qui claque dans sa poitrine comme un accord brisé.

*

Dimanche.

Le vent de tempête dans la montagne qui nous empêchait d'avancer, nous bâillonnait, hurlait dans nos oreilles. Toute la forêt tordue de bas en haut. Au-dessus des vallées, les fougères rouges qui volent d'une montagne à l'autre. Et ce bel oiseau couleur d'orange.

*

Histoire du légionnaire qui tue sa maîtresse dans une arrière-boutique. Et puis il prend le cadavre par les cheveux et le traîne dans la salle de consommation, puis dans la rue où il est arrêté. Il a des intérêts dans le café-restaurant et le patron lui avait défendu d'amener sa maîtresse. Elle est venue quand même. Il lui a ordonné de partir. Elle a refusé. C'est pour cela qu'il l'a tuée.

*

Le petit couple dans le train. Laids tous les deux. Elle s'accroche, rit, coquette, le séduit. Lui, a l'œil morne, est gêné d'être aimé devant tout le monde par une femme dont il n'est pas fier.

*

Le beau monde ou les deux vieux journalistes qui s'engueulent en plein commissariat, entourés d'un cercle d'agents rigolards. La fureur sénile, qui ne peut pas se traduire en coups, s'échappe en un étonnant excès de grossièretés : « Fumier — Cornard — Sale con — Chiqueur — Maquereau. »

— Moi, je suis un type propre.

— Entre nous deux il y a une différence.

— Oui, et une grande. Toi tu es le dernier des cons.

— Ne continue pas ou je te casse la gueule et je te défonce le cul à coups de godasses.

— Ta force, je la mets à la pointe de mon nœud. Parce que moi, je suis un type propre.

*

Espagne. Le type qui est au parti. Veut s'engager. Après interrogatoire, c'est pour des chagrins intimes. *On n'en veut pas.*

*

Dans toute vie, il y a un petit nombre de grands sentiments et un grand nombre de petits sentiments. Si l'on choisit : deux vies et deux littératures.

*

Mais *au fait,* ce sont deux monstres.

*

Le plaisir qu'on trouve aux relations entre hommes. Celui, subtil, qui consiste à donner ou à demander du feu — une complicité, une franc-maçonnerie de la cigarette.

*

P. qui se déclare prêt à offrir « une miniature de vierge enceinte dans un cadre en clavicules de toreador ».

*

Affiche à la caserne : « L'alcool éteint l'homme pour allumer la bête » — ce qui lui fait comprendre pourquoi il aime l'alcool.

*

« La terre serait une cage splendide pour des animaux qui n'auraient rien d'humain. »

*

C'est à Jeanne que sont liées quelques-unes de mes joies les plus pures. Elle me disait souvent :

« Tu es bête [1]. » C'était son mot, celui qu'elle disait en riant, mais c'était toujours au moment où elle m'aimait le mieux. Nous étions tous les deux d'une famille pauvre. Elle habitait quelques rues après la mienne, sur la rue du centre. Ni elle ni moi ne sortions jamais de ce quartier où tout nous ramenait. Et chez elle comme chez moi c'était la même tristesse et la même vie sordide. Notre rencontre, c'était une manière d'échapper à tout ça. Et pourtant maintenant, à cette heure où je me retourne vers son visage d'enfant lassé, à travers tant d'années, je comprends que nous n'échappions pas à cette vie de misère et que, à la vérité, c'était de nous aimer au sein même de cette ombre qui nous donnait tant d'émotion que rien ne pourra plus payer.

Je crois que j'ai bien souffert quand je l'ai perdue. Mais pourtant je n'ai pas eu de révolte. C'est que je n'ai jamais été très à l'aise au milieu de la possession. Il me semble toujours plus naturel de regretter. Et, bien que je voie clair en moi, je n'ai jamais pu m'empêcher de croire que Jeanne est plus en moi dans un moment comme aujourd'hui qu'elle ne l'était quand elle se dressait un peu sur la pointe des pieds pour mettre ses bras autour de mon cou. Je ne sais plus com-

1. Première apparition du personnage de Jeanne, l'épouse volage de Grand. Ce fragment se retrouvait presque intégralement dans le premier état de *La Peste*, sous la plume de Stéphan, le professeur sentimental.

ment je l'ai connue. Mais je sais que j'allais la voir chez elle. Et que son père et sa mère riaient de nous voir. Son père était cheminot et, quand il était chez lui, on le voyait toujours assis dans un coin, pensif, regardant par la fenêtre, ses mains énormes à plat sur ses cuisses. Sa mère était toujours au ménage. Et Jeanne aussi, mais à la voir légère et rieuse, je ne pensais pas qu'elle était en train de travailler. Elle était d'une taille moyenne, mais elle me paraissait petite. Et de la sentir si menue, si légère, mon cœur se serrait un peu lorsque je la voyais traverser une rue devant des camions. Je reconnais maintenant que sans doute elle n'était pas intelligente. Mais à l'époque je ne songeais pas à me le demander. Elle avait une façon à elle de jouer à être fâchée qui m'emplissait le cœur d'un ravissement plein de larmes. Et ce geste secret, par quoi elle se retournait vers moi et se jetait dans mes bras quand je la suppliais de pardonner, comment, si longtemps après, ne toucherait-il pas encore ce cœur fermé sur tant de choses ? Je ne sais plus aujourd'hui si je la désirais. Je sais que tout était confondu. Je sais seulement que tout ce qui m'agitait se résolvait en tendresse. Si je la désirais, je l'ai oublié le premier jour où, dans le couloir de son appartement, elle m'a donné sa bouche pour me remercier d'une petite broche que je lui avais donnée. Avec ses cheveux tirés en arrière, sa bouche inégale aux dents un peu grandes, ses yeux clairs et son nez droit, elle m'apparut ce soir-là comme une enfant que j'aurais mise au monde pour ses baisers et sa tendresse. Et j'ai eu longtemps cette impression, aidé en cela par Jeanne qui m'appelait toujours son « grand ami ».

Nous avions ensemble des joies singulières. Quand nous avons été fiancés, j'avais vingt-deux ans et elle dix-huit. Mais ce qui nous pénétrait le cœur d'amour grave et joyeux, était le caractère officiel de la chose. Et que Jeanne fût reçue chez moi, que maman l'embrassât et lui dît « Ma petite », c'étaient autant de joies un peu ridicules que nous ne cherchions pas à cacher. Mais le souvenir de Jeanne est lié pour moi à une impression qui me paraît aujourd'hui inexprimable. Je la retrouve encore et il suffit que je sois triste et que je rencontre, à quelques minutes d'intervalle, un visage de femme qui me touche et une devanture brillante, pour que je retrouve, avec une vérité qui me fait mal, le visage de Jeanne renversé vers moi et me disant « Comme c'est beau. » C'était à l'époque des fêtes. Et les magasins de notre quartier n'épargnaient ni les lumières ni les décorations. Nous nous arrêtions devant les pâtisseries. Les sujets en chocolat, la rocaille de papier d'argent et d'or, les flocons de neige en ouate hydrophile, les assiettes dorées et les pâtisseries aux couleurs d'arc-en-ciel, tout nous ravissait. J'en avais un peu honte. Mais je ne pouvais réfréner cette joie qui me remplissait et qui faisait briller les yeux de Jeanne.

Aujourd'hui, si j'essaye de préciser cette émotion singulière, j'y vois beaucoup de choses. Bien sûr, cette joie me venait d'abord de Jeanne — de son parfum et de sa main serrée sur mon poignet, des moues que j'attendais. Mais aussi ce soudain éclat des magasins dans un quartier d'ordinaire si noir, l'air pressé des passants chargés d'emplettes, la joie des enfants dans les rues, tout contribuait à nous arracher à notre monde solitaire. Le papier d'argent de ces bouchées au chocolat était le signe qu'une période confuse mais bruyante et dorée s'ouvrait pour les cœurs simples, et Jeanne et moi nous pressions un peu plus l'un contre l'autre. Peut-être sentions-nous confusément alors ce bonheur singulier de l'homme qui voit sa vie s'accorder avec lui-même. D'ordinaire nous promenions le désert enchanté de notre amour dans un monde où l'amour n'avait plus de part. Et ces jours-là, il nous semblait que la flamme qui s'élevait en nous quand nos mains étaient liées était la même que celle qui dansait dans les vitrines, dans le cœur des ouvriers tournés vers leurs enfants et dans la profondeur du ciel pur et glacé de décembre.

*

Décembre.

Le Faust à l'envers. L'homme jeune demande au diable les biens de ce monde. Le diable (qui a un costume sport et déclare volontiers que le cynisme est la grande tentation de l'intelligence) lui dit avec douceur : « Mais les biens de ce monde, tu les as. C'est à Dieu qu'il faut demander ce qui te manque — si tu crois que quelque chose te manque. Tu feras marché avec Dieu et, pour les biens de l'autre monde, tu lui vendras ton corps. »

Après un silence, le diable qui allume une cigarette anglaise ajoute : « Et ce sera ta punition éternelle. »

*

Peter Wolf. S'évade d'un camp de concentration, tue une sentinelle et parvient à passer la frontière. Se réfugie à Prague où il essaie de revivre. Après l'annexion de Munich, est extradé par le gouvernement de Prague. Livré aux nazis. Condamné à mort. Exécuté quelques heures après à la hache.

*

Sur une porte : « Entrez. Je suis pendu. » On entre et c'est vrai. (Il dit « je » mais il n'est plus « je » [1].)

*

Danses javanaises. La lenteur, principe de la

1. Note pour *La Peste*. Dans le premier état, c'est Stéphan qui s'est pendu. Plus tard, ce sera Cottard.

danse hindoue. Le dépliement. Les efflorescences de détail dans le mouvement d'ensemble. Comme l'accumulation des détails dans l'architecture. Une prolifération de gestes. Rien n'est pressé, tout se déroule. Ce n'est pas un acte ou un geste. C'est une participation.

A côté de ça, le tragique par bonds dans certaines danses cruelles. L'utilisation des silences dans l'accompagnement (qui, du reste, est un fantôme de musique). La musique ici ne décrit pas le dessin que suit la danse. Elle forme un fond. Elle enrobe le geste et la musique. Elle coule autour des corps et de leur insensible géométrie.

(Othello dans la danse des têtes.)

*

Pour la fin de *Noces*.

La terre ! Ce grand temple déserté par les dieux, la tâche de l'homme est de le peupler d'idoles à son image, indicibles, visages d'amour et pieds d'argile.

... ces monstrueuses idoles de la joie, visage d'amour et pieds d'argile.

*

Le député de Constantine qui est élu pour la troisième fois. Le jour de l'élection, à midi, il meurt. Le soir on va l'acclamer. La femme sort sur le balcon et dit qu'il est légèrement fatigué.

Peu après, le cadavre est élu député. C'est ce qu'il fallait.

*

Sur l'Absurde ?

Il n'y a qu'un cas où le désespoir soit pur. C'est celui du condamné à mort (qu'on nous permette une petite évocation). On pourrait demander à un désespéré d'amour s'il veut être guillotiné le lendemain, et il refuserait. A cause de l'horreur du supplice ? Oui. Mais l'horreur naît ici de la certitude — plutôt de l'élément mathématique qui compose cette certitude [1]. L'Absurde est ici parfaitement clair. C'est le contraire d'un irrationnel. Il a tous les signes de l'évidence. Ce qui est irrationnel, ce qui le serait, c'est l'espoir passager et moribond que cela va cesser et que cette mort pourra être évitée. Mais non l'absurde. L'évident c'est qu'on va lui couper le cou et pendant qu'il est lucide — pendant même que toute sa lucidité se concentre sur ce fait qu'on va lui couper le cou.

Kirilov a raison. Se suicider c'est faire preuve de sa liberté. Et le problème de sa liberté a une solution simple. Les hommes ont l'illusion d'être libres. Les condamnés à mort n'ont pas cette illusion. Tout le problème est dans la réalité de cette illusion.

1. Réflexions utilisées à la fois dans *L'Étranger* et *Le Mythe de Sisyphe*.

Avant : « Ce cœur, ce petit bruit qui depuis si longtemps m'accompagne, comment imaginer qu'il cessera, comment l'imaginer surtout à la seconde même... »

« Ah ! le bagne, le paradis du bagne. »

(La mère : « Et maintenant ils me le rendent... Voilà ce qu'ils en ont fait... Ils me le rendent en deux morceaux. »)

« J'ai fini par ne plus dormir qu'un peu dans la journée, attendant patiemment dans mes nuits que la lumière éclate et, avec elle, la vérité d'un nouveau jour. Pendant toute l'heure douteuse où je savais qu'*ils* venaient d'habitude... alors j'étais comme une bête... Après, j'avais encore un jour...

Je calculais. J'essayais de me dominer. Il y avait mon pourvoi. Et je prenais toujours la plus mauvaise supposition : il était rejeté. Eh bien, je mourrai donc. Peut-être plus tôt que d'autres. Mais combien de fois la vie m'a-t-elle paru absurde à l'idée de mourir. Du moment qu'on meurt, peu importe comment et quand. Je dois donc accepter. Et alors, à ce moment, *j'avais le droit* d'aborder la deuxième hypothèse. J'étais gracié. J'essayais de rendre moins fougueux cet élan du sang et du corps qui me piquait les yeux d'une joie insensée. Je réduisais ce cri, son importance, pour rendre plus plausible ma résignation dans la première hypothèse. Mais à quoi bon. Les petits matins venaient, et avec eux, l'heure douteuse...

... Mais ce sont eux. Et pourtant il fait très noir. Ils sont venus plus tôt. Je suis volé. Je vous dis que je suis volé...

... Fuir. Tout briser. Mais non, je reste. Cigarette ? Pourquoi pas. Du temps. Mais en même temps il coupe le col de ma chemise. En même temps. C'est le même temps. Il n'y a pas de temps gagné. Je vous dis qu'on me vole.

... Que ce couloir est long, mais que ces gens marchent vite... Pourvu qu'ils soient beaucoup, pourvu qu'ils m'accueillent avec des cris de haine. Pourvu qu'ils soient beaucoup et que je ne sois pas seul...

... J'ai froid. Comme il fait froid. Pourquoi m'a-t-on laissé en bras de chemise ? Il est vrai que cela n'a plus d'importance. Il n'y a plus de maladies pour moi. J'ai perdu le paradis de la souffrance, je le perds, et la joie de cracher ses poumons ou d'être mordu par un cancer sous le regard d'un être cher.

... Et ce ciel sans étoiles, ces fenêtres sans lumières, et cette rue grouillante et cet homme au premier rang, et le pied de cet homme qui... [1]. »

FIN

*

L'Absurde. Gurvitch [2]. Traité du désespoir. Pouvoir des chefs...

*

Mersault.

Caligula.

Numéro spécial de *Rivages* sur le théâtre. Retrouver les mises en scène. Commentaire au plan de Miquel [3]. Présentation. Tout ce qui a trait au théâtre.

Le Jardin Mirabel à Salzbourg.

La troupe en tournée à Bordj-bou-Arreridj.

*

1939.

Brûler fait mon repos. Il n'y a pas que la joie

1. Fragment pour *L'Étranger*.

2. Il s'agit du sociologue contemporain. Il a notamment écrit : *Les tendances actuelles de la philosophie allemande* et *Les Essais de sociologie*.

3. Louis Miquel, architecte algérois ami d'Albert Camus. Avec Simounet a fait les plans du « Centre Albert Camus » de jeunesse et des sports inauguré à Orléansville en 1960.

qui brûle. Mais le travail incessant, le mariage incessant ou le désir incessant.

*

Ordre du travail :
Conférence sur théâtre.
Absurde en lecture.
Caligula.
Mersault.
Théâtre.
Rivages chez Charlot lundi [1].
Leçon.
Journal.

*

Février.

Des vies que la mort ne surprend pas. Qui se sont arrangées pour. Qui en ont tenu compte.

*

De même que la mort d'un écrivain fait qu'on exagère l'importance de son œuvre, la mort d'un individu fait qu'on surestime sa place parmi nous. Ainsi le passé est fait tout entier de la mort, qui le peuple d'illusions.

1. Charlot fut le premier éditeur de Camus. Il devait publier la revue *Rivages* qu'animait Camus : il en parut deux numéros en 1939.

*

Un amour qui ne supporte pas d'être confronté avec la réalité n'en est pas un. Mais alors, c'est le privilège des cœurs nobles que de ne pouvoir aimer.

*

Roman. Ces conversations côte à côte, dans la nuit, ces confidences parlées, interminables...

« Et cette vie d'attente. J'attends le dîner et j'attends le sommeil. Je pense au réveil avec un vague espoir — de quoi ? Je ne sais pas. Le réveil vient et j'attends le déjeuner. Et puis ainsi jusqu'au lendemain. ... Se dire sans arrêt : Maintenant il est à son bureau, il déjeune, il est à son bureau, il est libre — et ce trou dans sa vie qu'il faut imaginer, qu'on imagine et qui vous fait mal à crier... »

« ... Venir dans la joie pour repartir le lendemain — et comme le désespoir est tout près de la joie ! On se retourne vers ces deux jours. Ils ont été beaux et les larmes les recouvrent. »

*

L'Algérie, pays à la fois mesuré et démesuré. Mesuré dans ses lignes, démesuré dans sa lumière.

*

La mort de « Caporal ». Cf. papier.

*

Le fou dans la librairie. Cf. papier.

*

La tragédie est un monde clos — où on bute, où on se heurte. Au théâtre, il faut qu'elle naisse et meure dans l'espace restreint de la scène.

*

Cf. Stuart Mill : « Mieux vaut être Socrate mécontent qu'un cochon satisfait. »

*

Ce matin plein de soleil : les rues chaudes et pleines de femmes. On vend des fleurs à tous les coins de rue. Et ces visages de jeunes filles qui sourient.

*

Mars.

« Quand je me suis trouvé dans ce compartiment de première, éclairé, chauffé, j'ai fermé la porte derrière moi et j'ai baissé tous les stores[1]. Et alors, une fois assis, au milieu de l'extraordinaire silence qui m'accueillait soudain, je me suis senti délivré. Délivré d'abord de tous ces jours haletants qui venaient de passer, de cet effort pour dominer ma vie, de ces tumultes difficiles. Tout se taisait. Le wagon vibrait doucement. Et si j'entendais derrière les vitres les froissements de la nuit pluvieuse, je l'entendais encore comme un silence. Pour quelques jours, je n'avais plus à penser mais à aller. J'étais prisonnier des horaires, des hôtels, d'une tâche humaine qui m'attendait. Je m'appartenais enfin, ne m'appartenant plus. Et j'ai fermé les yeux avec délices sur cette paix que je sentais monter avec cet univers paisible qui venait de naître, sans tyrannie, sans amour et hors de moi.

*

Oran. Baie de Mers-el-Kébir par-dessus le petit jardin de géraniums rouges et de freesias. Il ne fait qu'à moitié beau : nuages et soleil. Pays accordé. Il suffit d'un grand morceau de ciel et le calme revient dans les cœurs trop tendus.

*

Avril 39.

A Oran un « sufoco » est un affront. Un sufoco

1. Fragment pour *La Mort heureuse.*

ne se supporte pas. Il se répare, et tout de suite. Les Oranais ont le sang chaud.

Un paysage peut être magnifique sans être grand. Il peut même manquer la grandeur d'un rien. C'est ainsi que la baie d'Alger manque la grandeur par excès de beauté. Mers-el-Kébir vu de Santa-Cruz, au contraire, donne la mesure de la grandeur. Magnifique et sans tendresse.

*

Dans la banlieue immédiate d'Oran, à quelques mètres des dernières maisons commencent d'interminables étendues de terres laissées incultes et couvertes à cette époque de genêts éclatants. Plus loin c'est le premier village de colonisation. Sans âme, traversé d'une seule rue où s'élève un symbolique kiosque à musique.

*

Les Hauts Plateaux et le Djebel Nador.

D'interminables étendues de terres à blé, sans arbres et sans hommes. De loin en loin, un gourbi et une silhouette frileuse qui chemine sur une crête et se découpe sur l'horizon. Quelques corbeaux et le silence. Rien où se réfugier — rien où accrocher une joie — ou une mélancolie qui pourrait être féconde. Ce qui s'élève de ces terres, c'est l'angoisse et la stérilité.

A Tiaret, quelques instituteurs m'ont dit qu'ils « s'emmerdaient ».

— Et qu'est-ce que vous faites quand vous vous emmerdez ?

— On se noircit.

— Et après ?

— On va au bordel.

Je suis allé avec eux au bordel. Il neigeait. La neige tombait fine et pénétrante. Ils avaient tous bu. Un gardien m'a fait payer deux francs à l'entrée. C'était une salle immense, rectangulaire, curieusement peinte de bandes obliques, noires et jaunes. On dansait au son d'un pick-up. Les filles n'étaient ni belles ni laides.

L'une disait : — Tu viens niquer ?

L'homme se défendait mollement.

— Moi, disait la fille, j'ai bien envie que tu me mettes ça.

Au sortir, de la neige toujours. Par une échappée on voyait la campagne. Toujours la même étendue désolée, mais blanche cette fois.

*

A Trezel — café maure. Thé à la menthe et conversations.

La rue des filles s'appelle « Rue de la Vérité ». La passe est à trois francs.

*

Tolba et les bagarres[1].

« Je suis pas méchant, mais je suis vif. Je saute à droite et à gauche. L'autre il m'a dit : « Descends du tram si tu es un homme. » Je lui ai dit : « Allez, reste tranquille. » Il m'a dit : « Tu es pas un homme. » Alors je suis descendu et je lui ai dit : « Assez, ça vaut mieux, ou je vais te mûrir. — De quoi ? » Alors je lui en ai donné un. Il est tombé. Moi, j'allais le relever. Alors il m'a donné des coups par terre. Alors je lui ai donné un coup de genou et deux taquets. Il avait la figure en sang. Et je lui ai dit : « Alors, tu as ton compte ? » Il a dit : « Oui. »

*

Mobilisation.

Le fils aîné s'en va. Il est assis devant sa mère et il dit : « Ça ne sera rien. » La mère ne dit rien. Elle a pris un journal qui traînait sur la table. Elle le plie en deux, puis en quatre, puis en huit.

*

A la gare, la foule qui accompagne. Les

1. Fragment repris dans *L'Étranger*, p. 45.
On notera à quel point le style de l'homme du peuple, tel que le reproduit Camus dans ses notes, évoque le style de *L'Étranger*.

hommes empilés dans les wagons. Une femme pleure. « Mais jamais je n'aurais cru qu'il serait comme ça, aussi mal. » Une autre : « C'est drôle qu'on coure comme ça pour mourir. » Une fille pleure contre son fiancé, lui est grave. Il ne dit rien. Fumées, cris, cahots. Le train s'en va.

*

Visages de femmes, joies du soleil et de l'eau, voilà ce qu'on assassine. Et si l'on n'accepte pas l'assassinat, alors il faudra tenir. Nous sommes en plein dans la contradiction. Toute l'époque étouffe et vit dans la contradiction jusqu'au cou, sans une larme qui délivre.

Non seulement il n'y a pas de solutions, mais encore il n'y a pas de problèmes.

CAHIER N° III

avril 1939
février 1942

Alors que les cyprès sont d'ordinaire des taches sombres dans les ciels de Provence et d'Italie, ici, dans le cimetière d'El Kettar, ce cyprès ruisselait de lumière, regorgeait des ors du soleil. Il semblait que, venu de son cœur noir, un jus doré bouillonnât jusqu'aux extrémités de ses courtes branches et coulât en longues traînées fauves sur le vert du feuillage.

*

... Comme ces livres où trop de passages sont soulignés au crayon pour qu'on ait bonne opinion du goût et de l'esprit du lecteur.

*

Dialogue Europe-Islam.

— Et quand nous contemplons vos cimetières et ce que vous en avez fait, alors nous sommes pris pour vous d'une sorte d'admiration pitoyable, d'un effroi plein de considération devant des hommes qui doivent vivre avec une pareille image de leur mort...

— ... Nous aussi, nous avons parfois pitié de nous-mêmes. Cela nous aide à vivre. C'est un sentiment que vous ne connaissez guère, et il vous paraîtrait peu viril. Et pourtant ce sont les plus virils d'entre nous qui l'éprouvent. Car nous appelons virils les lucides et nous ne voulons point d'une force qui se sépare de la clairvoyance. Pour vous, au contraire, la vertu de l'homme est dans le commandement.

*

A la guerre. Les gens qui évaluent le degré de danger particulier à chaque front. « C'est le mien qui était le plus exposé. » Ils font encore des hiérarchies dans l'avilissement universel. C'est comme ça qu'ils en sortent.

*

— Oui, dit le vidangeur, et si vous voyiez les cabinets qu' « ils » leur ont fait, en bas, à la Marine ! C'est dommage de donner des cabinets pareils à des gens comme ça.

*

La femme qui vit avec son mari sans rien comprendre. Il parle un jour à la radio. On la met derrière une glace et elle peut le voir sans l'entendre. Il fait seulement des gestes, c'est tout ce qu'elle sait. Pour la première fois, elle le voit dans son corps, comme un être physique, et aussi comme un pantin qu'il est.

Elle le quitte. « C'est cette marionnette qui monte sur mon ventre tous les soirs. »

*

Sujet de pièce. L'homme masqué[1].

Après un long voyage, il rentre chez lui masqué. Il le reste pendant toute la pièce. Pourquoi ? C'est le sujet.

Il se démasque à la fin. C'était pour rien. Pour voir sous un masque. Il serait resté longtemps ainsi. Il était heureux, si ce mot a un sens. Mais ce qui le force à se démasquer, c'est la souffrance de sa femme.

« Jusqu'ici je t'aimais avec tout moi-même et maintenant je t'aimerai seulement comme tu veux être aimée. Mais il faut croire que tu préfères être méprisée à aimer sans comprendre. Il y a deux grandeurs là-dessous. »

(Ou deux femmes. L'une l'aime masqué parce qu'il l'intrigue. Ne l'aime plus ensuite. « Tu m'aimais avec ton cerveau. Il fallait m'aimer *aussi* avec tes reins. » L'autre l'aime *en dépit* du masque et continue après.)

1. Première ébauche du *Malentendu*.

Par une réaction singulière, mais naturelle, elle imaginait à la douleur de l'homme qu'elle aimait celles des raisons qui précisément lui faisaient le plus de mal. Elle s'était si bien accoutumée à se priver de tout espoir que, dès l'instant où elle essayait de comprendre la vie de cet homme, elle y voyait toujours et seulement ce qui lui était à elle défavorable. Et voilà précisément ce qui, lui, l'irritait.

*

Esprit historique et esprit éternel. L'un a le sentiment du beau. L'autre celui de l'infini.

*

Le Corbusier. « Ce qui fait l'artiste, voyez-vous, ce sont ces minutes où il se sent plus qu'un homme. »

*

Pia [1] et les documents qui disparaîtront. L'effritement volontaire. Devant le néant, l'hédonisme et le déplacement continuel. L'esprit historique devient ici l'esprit géographique.

Dans le tram. Le type à moitié noir qui s'accroche à moi. « Si tu es un homme, donne-moi vingt sous. Toi, tu es un homme. Regarde, je

1. Pascal Pia fut le directeur d'*Alger Républicain* en 38, où A. Camus fit ses débuts dans le journalisme, puis de *Combat* à la libération avec A. Camus comme rédacteur en chef.

sors de l'hôpital. Où je vais coucher ce soir ? Mais si tu es un homme, j'irai boire un verre et j'oublierai. Je suis malheureux, moi, j'ai personne. »

Je lui donne cinq francs. Il me prend la main, me regarde, se jette contre ma poitrine et éclate en sanglots. « Ah ! toi t'es un brave type. Tu me comprends. J'ai personne, tu comprends, personne. » Quand je le quitte, le tram démarre et il reste à l'intérieur, perdu, et toujours pleurant.

*

L'homme qui vit seul depuis de longues années et qui adopte un enfant. Il déverse sur lui son passé de solitude. Et dans cet univers clos qui est le sien, en tête à tête avec cet être, il se sent le maître de l'enfant et d'un royaume magnifique sur lequel il a prise. Il le tyrannise, lui fait peur, l'affole de caprices et de volontés exigeantes. — Jusqu'au moment où l'enfant se sauve et où il retrouve sa solitude, avec des larmes et un affreux élan d'amour pour le jouet qu'il vient de perdre.

*

« J'attendais le moment où, sortis dans la rue, elle tournait son visage vers moi. Et ce qu'elle me montrait alors c'était une face resplendissante et pâle dont les baisers avaient chassé le fard et jusqu'à l'expression. Son visage était nu. Et pour la première fois, c'était elle que je voyais après l'avoir poursuivie pendant les longues heures étouffantes du désir. Ma patience à aimer était enfin récompensée. Et c'est elle que j'atteignais profondément dans ce visage aux lèvres plus pâles et aux pommettes blanches que mes lèvres avaient exhumé de sa gangue de fards et de sourires. »

*

Poe et les quatre conditions du bonheur :

1) La vie en plein air
2) L'amour d'un être
3) Le détachement de toute ambition
4) La création.

*

Baudelaire : « On a oublié deux droits dans la Déclaration des Droits de l'Homme : celui de se contredire et celui de s'en aller. »

Id. « Il est des séductions si puissantes qu'elles ne peuvent être que des vertus. »

*

Sur l'échafaud, madame du Barry : « Encore une minute, monsieur le bourreau. »

*

14 juillet 1939. Il y a un an.

*

Sur la plage, l'homme, les bras en croix, crucifié au soleil.

*

Chez Pierre, l'obscénité comme une forme du désespoir.

*

« Ces terribles années de doute où il attendait le mariage ou n'importe quoi — où il construisait déjà la philosophie du renoncement qui justifierait son échec et sa lâcheté. »

*

« Avec sa femme. Le problème qui se posait était de savoir s'il était permis à un homme comme lui de vivre sans déchoir au milieu des mensonges de cette femme. »

*

Août.

1) Œdipe supprime le sphinx et, s'il dissipe les mystères, c'est par sa connaissance de l'homme. Tout l'univers du Grec est clair.

2) Mais c'est le même homme que le destin déchire sauvagement, le destin implacable de logique aveugle. Clarté sans ombre du tragique et du périssable.

*

Voir Epicure (essai).

La grotte d'Aglaure sur l'Acropole. Statue de Minerve dépouillée une fois l'an de ses vêtements. Probable que toutes les statues ainsi habillées. Le nu grec est de notre invention.

*

A Athènes il y avait un temple consacré à la vieillesse. On y conduisait les enfants.

Crésus et Kallirhoé (pièce)[1].

Sacrifié sacrifiée. Se frappe sur cette preuve d'amour.

*

Légende des divinités camouflées en mendiants, incitaient à la charité. Elle n'était pas naturelle.

1. Il s'agit sans doute de Corésos et de Callirhoé, fille d'un roi de Calydon, aimée par Corésos, prêtre de Dionysos, dont elle repoussa les avances ; à la suite de quoi tous les habitants furent frappés de folie par le dieu. L'oracle de Dodone ordonna que Callirhoé fût sacrifiée. Corésos préféra se tuer lui-même ; touchée par tant d'amour, Callirhoé ne voulut pas lui survivre.

*

A Sicyone, Prométhée trompa Zeus. Deux peaux de bœuf, l'une emplie de viande et l'autre d'os. Zeus choisit la dernière. C'est pour cela que l'usage du feu fut retiré aux hommes. De la basse vengeance.

*

La fille du potier Dibutades qui aimait un jeune homme suivit au stylet l'ombre de son profil sur le mur. Son père, voyant le dessin, découvrit le style d'ornementation des vases grecs. L'amour est au commencement de toutes choses.

*

A Corinthe, deux temples voisinent : celui de la violence et celui de la nécessité.

*

Dimétos eut un amour coupable pour sa nièce qui se pendit. Sur le sable fin de la plage, les petites vagues apportèrent un jour une merveilleuse jeune femme morte. Dimétos qui la vit tomba à genoux, éperdument amoureux. Mais il assista à la décomposition de ce corps admirable et devint fou. Ce fut la vengeance de sa nièce et le symbole d'une condition qu'il faudrait définir.

*

A Pallantion, dans l'Arcadie, l'autel aux « Dieux purs ».

*

Je veux bien mourir pour elle, dit P. Mais qu'elle ne me demande pas de vivre.

*

Septembre 39. La guerre.

Les gens qui se font opérer d'urgence par un médecin réputé d'Alger parce qu'ils ont peur qu'il soit mobilisé.

Gaston : « L'essentiel c'est qu'avant d'être mobilisé j'aie le temps de tirer une fève. »

Sur le quai de la gare, une mère à un jeune réserviste (trente ans) : « Sois prudent. »

Dans le tram : « La Pologne, elle se laisse pas faire. »

« Le pacte « anti-comertin », il existe plus. »

« Hitler, si on lui donne le petit doigt, il faudra bientôt tomber le pantalon. »

Au marché : — Vous savez, samedi, c'est la réponse.

— Quelle réponse ?
— La réponse de Hitler.
— Et alors ?
— Alors on saura si c'est la guerre.
— Si c'est pas malheureux !

A la gare, des réservistes giflent les employés : « Embusqués ! »

*

La guerre a éclaté[1]. Où est la guerre ? En dehors des nouvelles qu'il faut croire et des affiches qu'il faut lire, où trouver les signes de l'absurde événement ? Elle n'est pas dans ce ciel bleu sur la mer bleue, dans ces crissements de cigales, dans les cyprès des collines. Ce n'est pas ce jeune bondissement de lumière dans les rues d'Alger.

On veut y croire. On cherche son visage et elle se refuse à nous. Le monde seul est roi et ses visages magnifiques.

Avoir vécu dans la haine de cette bête, l'avoir devant soi et ne pas savoir la reconnaître. Si peu de choses ont changé. Plus tard, sans doute, viendront la boue, le sang et l'immense écœurement. Mais pour aujourd'hui on éprouve que le com-

1. Camus reprendra plus tard ce fragment pour *La Peste* (sans doute pour l'un des premiers chapitres). Puis il renoncera à l'utiliser sous cette forme.

mencement des guerres est semblable aux débuts de la paix : le monde et le cœur les ignorent.

*

... Se souvenir des premiers jours d'une guerre aussi probablement désastreuse, comme des jours d'un bonheur prodigieux, singulier et instructif destin... Je cherche à légitimer ma révolte que, jusqu'ici, rien, dans les faits, n'est venu fonder.

*

Il y a ceux qui sont faits pour aimer et ceux qui sont faits pour vivre.

*

On exagère toujours l'importance de la vie individuelle [1]. Tant de gens ne savent qu'en faire qu'il n'est pas absolument immoral de les en priver. D'autre part, tout prend une valeur nouvelle. Mais cela a déjà été dit. L'absurdité essentielle de cette catastrophe ne change rien à ce qu'elle est. Elle généralise l'absurdité un peu plus essentielle de la vie. Elle la rend plus immédiate et plus pertinente. Si cette guerre peut avoir un effet sur l'homme, c'est de le fortifier dans l'idée qu'il se fait de son existence et dans le jugement qu'il

1. Même remarque qu'à la note précédente : les deux textes, d'ailleurs, avaient été fondus en un seul.

porte sur elle. Dès l'instant où cette guerre « est », tout jugement qui ne peut l'intégrer est faux. Un homme qui réfléchit passe généralement son temps à adapter l'idée qu'il a formée des choses aux faits nouveaux qui la démentent. C'est dans cette inclinaison, dans cette gauchissure de la pensée, dans cette correction consciente, que réside la vérité, c'est-à-dire l'enseignement d'une vie. C'est pourquoi, si ignoble que soit cette guerre, il n'est pas permis d'être en dehors. Pour moi naturellement, et d'abord — qui puis risquer ma vie en pariant pour la mort sans une crainte. Et pour tous ceux, anonymes et résignés, qui vont vers cette tuerie inexcusable — et dont je sens toute la fraternité.

*

Un vent froid entre par la fenêtre.

Maman : — Le temps commence à changer.

— Oui.

— Est-ce qu'on va garder l'éclairage réduit pendant toute la guerre ?

— Oui, probablement.

— C'est l'hiver que ce sera triste.

— Oui.

*

Tous ont trahi, ceux qui poussaient à la résistance et ceux qui parlaient de la paix. Ils sont là, aussi dociles et plus coupables que les autres. Et jamais l'individu n'a été plus seul devant la machine à fabriquer le mensonge. Il peut encore mépriser et lutter avec son mépris. S'il n'a pas le droit de s'écarter et de mépriser, il garde celui de juger. Rien ne peut sortir de l'humain, de la foule. La trahison était de croire le contraire. On meurt seul. Tous vont mourir seuls. Que du moins l'homme seul garde ici le pouvoir de son mépris et de choisir dans l'affreuse épreuve ce qui sert à sa propre grandeur.

Accepter l'épreuve et tout ce qu'elle comporte. Mais jurer de n'accomplir dans la moins noble des tâches que les plus nobles des gestes. Et le fond de la noblesse (la vraie, celle du cœur) c'est le mépris, le courage et l'indifférence profonde.

*

Etre fait pour créer, aimer et gagner des parties, c'est être fait pour vivre dans la paix. Mais la guerre apprend à tout perdre et à devenir ce qu'on n'était pas. Tout devient une question de style.

*

J'ai rêvé que, victorieux, nous entrions dans Rome. Et je pensais à l'entrée des Barbares dans la Ville Eternelle. Mais j'étais parmi les Barbares.

*

Concilier l'œuvre qui décrit et l'œuvre qui explique. Donner son vrai sens à la description. Lorsqu'elle est seule, elle est admirable mais n'emporte rien. Il suffit alors de faire sentir que nos limites ont été posées avec intention. Elles disparaissent ainsi et l'œuvre « retentit ».

*

« D'un côté, dit le réformé appelé devant la commission de réforme[1], ça m'emmerde. Mais, d'un autre côté, j'entendais trop de calembours. « Tu n'es pas encore parti ? » « Tu es encore là. » Dans notre maison, on est quarante-quatre hommes. J'étais le seul homme pas parti. Alors je rentrais la nuit et je sortais le matin de bonne heure. »

*

L'autre réserviste dont on a radiographié l'estomac :

« Ils m'ont fait boire au moins trois litres de chaux. Avant je chiais noir, maintenant je chie blanc. C'est la guerre. »

1. Camus, qui avait désiré s'engager, malgré une décision antérieure de réforme, a sans doute connu à ce moment la commission de réforme.

*

7 septembre.

On se demandait où était la guerre — ce qui, en elle, était ignoble. Et on s'aperçoit qu'on sait où elle est, qu'on l'a en soi — qu'elle est, pour la plupart, cette gêne, cette obligation de choisir qui les fait partir avec le remords de n'avoir pas été assez courageux pour s'abstenir ou qui les fait s'abstenir avec le regret de ne pas partager la mort des autres.

Elle est là, vraiment là, et nous la cherchions dans le ciel bleu et dans l'indifférence du monde. Elle est dans cette solitude affreuse du combattant et du non-combattant, dans ce désespoir humilié qui est commun à tous et dans cette abjection croissante qu'on sent monter sur les visages à mesure que les jours s'écoulent. Le règne des bêtes a commencé.

*

Cette haine et cette violence qu'on sent déjà monter chez les êtres. Plus rien de pur en eux. Plus rien d'inappréciable. Ils pensent ensemble. On ne rencontre que des bêtes, des faces bestiales d'Européens. Ce monde est écœurant et cette montée universelle de lâcheté, cette dérision du courage, cette contrefaçon de la grandeur, ce dépérissement de l'honneur.

*

Il est ahurissant de voir la facilité avec laquelle s'écroule la dignité de certains êtres. A la réflexion, cela est normal puisque la dignité en question n'est maintenue chez eux que par d'incessants efforts contre leur propre nature.

*

Il y a une fatalité unique qui est la mort et en dehors de quoi il n'y a plus de fatalité. Dans l'espace de temps qui va de la naissance à la mort, rien n'est fixé : on peut tout changer et même arrêter la guerre et même maintenir la paix, si on le veut assez, beaucoup et longtemps.

*

Règle : chercher d'abord ce qu'il y a de valable dans chaque homme.

*

Cf. Groethuysen à propos de Dilthey : « Ainsi, ayant reconnu le caractère fragmentaire de notre existence et ce qu'il y a d'accidentel et de limité dans chaque vie prise séparément, nous chercherons dans l'ensemble des vies ce que nous ne saurions plus trouver en nous-mêmes. »

*

S'il est vrai que l'absurde est consommé (révélé plutôt), alors il est vrai qu'aucune expérience n'a de valeur en soi, et que tous les gestes sont au même degré enseignants. La volonté n'est rien. L'acceptation, tout. A condition qu'à l'expérience la plus humble ou la plus déchirante, l'homme soit toujours « présent » — et la supporte sans désarmer, muni de toute sa lucidité [1].

*

Il est toujours vain de vouloir se désolidariser, serait-ce de la bêtise et de la cruauté des autres. On ne peut dire « Je l'ignore ». On collabore ou on la combat. Rien n'est moins excusable que la guerre et l'appel aux haines nationales. Mais une fois la guerre survenue, il est vain et lâche de vouloir s'en écarter sous le prétexte qu'on n'en est pas responsable. Les tours d'ivoire sont tombées. La complaisance est interdite pour soi-même et pour les autres.

Juger un événement est impossible et immoral si c'est du dehors. C'est au sein de cet absurde malheur qu'on conserve le droit de le mépriser.

La réaction d'un individu n'a aucune importance en soi. Elle peut servir à quelque chose mais

1. Réflexion pour *Le Mythe de Sisyphe.*

ne justifie rien. Vouloir, par le dilettantisme, planer et se séparer de son milieu, c'est faire l'épreuve la plus dérisoire des libertés. Voilà pourquoi il fallait que j'essaie de servir. Et si l'on ne veut pas de moi, il faut aussi que j'accepte la position du civil dédaigné. Dans les deux cas, mon jugement peut demeurer absolu et mon dégoût sans réserves. Dans les deux cas, je suis au milieu de la guerre et j'ai le droit d'en juger. D'en juger et d'agir.

*

Accepter. Et par exemple, voir le bon dans le mauvais. Si l'on ne veut pas de moi pour combattre, c'est qu'il m'est constamment donné de rester à part. Et c'est de cette lutte pour rester un homme normal dans des conditions exceptionnelles que j'ai toujours tiré mes plus grandes forces et ma plus grande utilité.

*

Gœthe (avec Eckermann) : « Si j'avais voulu me laisser aller sans contrainte, il ne tenait qu'à moi de me ruiner à fond avec tous ceux qui m'entourent... »

La première chose est qu'on apprenne à se dominer.

*

De Gœthe : « Il est tolérant sans indulgence. »

*

Un Prométhée — comme idéal révolutionnaire.
« Ce qui ne me fait pas mourir me rend plus fort » (Nietzsche).

*

« La volonté du système est un manque de loyauté » (*Crépuscule des Idoles*).

*

« L'artiste tragique n'est pas un pessimiste. Il dit oui à tout ce qui est problématique et terrible » (*Crépuscule des Idoles*).

*

Qu'est-ce que la guerre ? Rien. Il est profondément indifférent d'être civil ou militaire, de la faire ou de la combattre.
L'homme vu par Nietzsche (*Crépuscule des Idoles*).
« G. concevait un homme fort, hautement cultivé, habile à toutes les choses de la vie physique,

se tenant lui-même bien en main, ayant le respect de sa propre individualité, pouvant se risquer à jouir pleinement du naturel dans toute sa richesse et toute son étendue, assez fort pour la liberté ; homme tolérant, non par faiblesse mais par force, parce qu'il sait encore tirer avantage de ce qui serait la perte des natures moyennes ; homme pour qui il n'y a rien, plus rien de défendu, sauf du moins la faiblesse, qu'elle s'appelle vice ou vertu... Un tel esprit, libéré, apparaît au centre de l'univers, dans un fatalisme heureux et confiant, avec la foi qu'il n'y a de condamnable que ce qui existe isolément, et que, dans l'ensemble, tout se résout et s'affirme. *Il ne nie plus...* »

*

Surmonter ceci encore ? Il le faudra. Mais cet effort incessant ne va pas sans tristesse. Cela du moins n'aurait-il pu nous être évité ? Mais cette lassitude aussi doit être surmontée. Il n'en sera rien perdu. Un soir où l'on approche de la glace, un pli un peu plus profond creuse les lèvres. Qu'est donc ceci ? C'est ce dont je fis mon bonheur surmonté.

Cette histoire de Jarry à l'agonie et à qui on demandait ce qu'il voulait. « Un cure-dent. » Il l'eut, le prit à la bouche et mourut satisfait. O misère, on en rit et personne ne voit la terrible leçon. Pas plus qu'un cure-dent, rien d'autre qu'un cure-dent, autant qu'un cure-dent — voilà toute la valeur de cette vie exaltante.

*

« Mais ce petit est très malade, dit le lieutenant. Nous ne pouvons pas le prendre. » J'ai 26 ans, une vie, et je sais ce que je veux.

*

Paulhan qui s'émerveille dans la N.R.F., après tant d'autres, que la guerre de 1939 n'ait pas débuté dans l'atmosphère de 14. Naïfs qui croyaient que l'horreur a toujours le même visage, naïfs qui ne peuvent se détacher du matériel d'images sur quoi ils ont vécu.

*

Le printemps à Paris : une promesse ou un bouton de marronnier et le cœur chavire. A Alger, le passage est plus brusque. Ce n'est pas un bouton de rose. C'est mille boutons de roses qui, un matin, nous suffoquent. Et ce n'est pas la qualité subtile d'une émotion qui nous traverse, mais l'énorme et dénombrable afflux de mille parfums et mille couleurs éclatants. Ce n'est pas la sensibilité qui s'affirme mais le corps qui subit un assaut.

*

Novembre 39.

Avec quoi on fait la guerre :

1) avec ce que tout le monde connaît
2) avec le désespoir de ceux qui ne veulent pas la faire
3) avec l'amour-propre de ceux que rien ne force à partir et qui partent pour ne pas être seuls
4) avec la faim de ceux qui s'engagent parce qu'ils n'ont plus de situation
5) avec beaucoup de sentiments nobles tels que :
    a) la solidarité dans la souffrance
    b) le mépris qui ne veut pas s'exprimer
    c) l'absence de haine.

Tout cela est bassement utilisé et tout cela conduit à la mort.

*

Mort de Louis XVI. Il demande à l'homme qui le conduit au supplice de remettre une lettre à sa femme. Réponse : « Je ne suis pas ici pour faire vos commissions, je suis ici pour vous conduire à l'échafaud. »

*

Dans les musées italiens, les petits écrans peints

que le prêtre tenait devant le visage des condamnés pour qu'ils ne voient pas l'échafaud.

Le saut existentiel, c'est le petit écran.

*

Lettre à un désespéré.

Vous m'écrivez que cette guerre vous accable, que vous consentiriez à mourir mais que vous ne pouvez supporter cette universelle sottise, cette lâcheté sanguinaire et cette naïveté criminelle qui croit encore que le sang peut résoudre des problèmes humains.

Je vous lis et je vous comprends. Je comprends surtout ce choix et cette opposition entre votre bonne volonté à mourir et votre répugnance à voir mourir les autres. Cela prouve la qualité d'un homme. Cela le met au rang de ceux à qui l'on peut parler. Comment ne pas désespérer en effet ? Bien souvent le sort de ceux que nous aimons s'est trouvé menacé. Maladie, mort, folie, mais il restait nous et ce à quoi nous avons cru ! Bien souvent les valeurs qui étaient notre vie ont failli crouler. Jamais ce sort et ces valeurs n'ont été menacés dans leur entier et en même temps. Jamais nous n'avons été si totalement livrés à l'anéantissement.

Je vous comprends mais je ne vous suis plus lorsque vous prétendez faire de ce désespoir une règle de vie et, jugeant que tout est inutile, vous retirer derrière votre dégoût. Car le désespoir est un sentiment et non un état. Vous ne pouvez demeurer sur lui. Et le sentiment doit laisser la place à une vue claire des choses.

Vous dites : « Et d'ailleurs, que faire ? Et que puis-je faire ? » Mais la question ne se pose pas d'abord comme ça. Vous croyez encore à l'individu, certes, puisque vous sentez bien ce qu'il y a de bon chez ceux qui vous entourent et en vous-même. Mais ces individus ne peuvent rien et vous désespérez de la société. Mais prenez garde que vous aviez répudié déjà cette société bien avant la catastrophe, que vous et moi savions que la fin de cette société était la guerre, que vous et moi le dénoncions et qu'enfin nous ne sentions rien de commun entre nous et elle. Cette société aujourd'hui est la même. Elle en est venue à sa fin normale. Et en vérité, à voir froidement les choses, vous n'avez pas plus de raisons de désespérer que vous n'en aviez en 1928. Exactement, vous en avez juste autant.

Et, tout bien considéré, ceux qui firent la guerre en 1914 avaient plus de raisons de désespérer puisqu'ils comprenaient moins les choses. Vous me direz que de savoir que 1928 était aussi désespérant que 1939 ne vous avance en rien. Cela n'est qu'apparent. Car vous ne désespériez pas totalement en 1928, au lieu que maintenant tout vous paraît vain. Si les choses n'ont pas changé, c'est que votre jugement est faux. Il l'est comme chaque fois qu'une vérité, au lieu de vous apparaître à la lumière du raisonnement, s'incarne dans le vivant. Vous avez prévu la guerre, mais vous pensiez l'empêcher. C'est ce qui vous arrêtait de désespérer totalement. Vous pensez aujourd'hui que vous ne pouvez plus rien empêcher. Là est le nœud du raisonnement.

Mais d'abord il faut vous demander si vous avez bien fait ce qu'il fallait pour empêcher cette guerre. Si oui, cette guerre pourrait vous paraître fatale et vous pourriez juger qu'il n'y a plus rien à faire. Mais je suis sûr que vous n'avez pas fait tout ce qu'il fallait, pas plus qu'aucun de nous. Vous n'avez pas pu empêcher ? Non, cela est faux. Cette guerre, vous le savez, n'était pas fatale. Il suffisait que le traité de Versailles fût révisé à temps. Il ne l'a pas été. Voilà toute l'histoire et vous voyez qu'elle pourrait être autre. Mais ce traité, ou telle autre cause, il peut encore être révisé. Cette parole de Hitler, on peut encore faire que sa loyauté soit inutile. Ces injustices qui ont appelé d'autres injustices, on peut encore les refuser et demander que leurs répliques le soient aussi. Il y a encore une tâche utile à accomplir. Vous supposez que votre rôle d'individu est pratiquement nul. Mais j'invertirai alors mon raisonnement précédent et je vous dirai qu'il n'est ni plus grand ni moindre qu'il n'était en 1928. Je sais d'ailleurs que vous n'êtes pas très assis sur cette notion de l'inutilité. Car je crois que vous n'approuverez guère l'objection de conscience. Et si vous ne l'approuvez pas, ce n'est point par manque de courage ni d'admiration. Mais parce que vous jugez qu'elle n'a aucune utilité. Vous avez donc déjà conçu l'idée d'une certaine utilité qui vous permet de suivre ce que je dis.

Vous avez quelque chose à faire, n'en doutez pas. Chaque homme dispose d'une zone plus ou moins grande d'influence. Il la doit à ses défauts autant qu'à ses qualités. Mais n'importe, elle est là, immédiatement utilisable. Ne poussez personne à la révolte. Il faut être ménager du sang et de la liberté des autres. Mais vous pouvez persuader dix, vingt, trente hommes que cette guerre n'était et n'est pas fatale, que des moyens de l'arrêter peuvent être tentés qui ne l'ont pas été encore, qu'il faut le dire, l'écrire quand on peut, le crier quand il faudra. Ces dix ou trente hommes à leur tour le diront à dix autres qui le répéteront. Si la paresse les arrête, tant pis, recommencez avec d'autres. Et quand vous aurez fait ce que vous devez faire dans votre zone, sur votre terrain, arrêtez-vous et désespérez à votre aise. Comprenez qu'on peut désespérer du sens de la vie *en général* mais non de ses formes particulières, de l'existence, puisqu'on n'a pas de pouvoir sur elle, mais non de l'histoire où l'individu peut tout. Ce sont des individus qui nous font mourir aujourd'hui. Pourquoi des individus ne parviendraient-ils pas à donner la paix au monde ? Il faut seulement commencer sans songer à de si grands buts. Comprenez donc qu'on fait la guerre autant avec l'enthousiasme de ceux qui la veulent qu'avec le désespoir de ceux qui la renient de toute leur âme.

*

Un mot cité par Green dans son Journal :

« Il ne faut pas craindre la mort, c'est lui faire trop d'honneur. »

*

Green et son Journal.

Note beaucoup de rêves. Les rêves racontés m'ennuient toujours.

*

La mort de Le Poittevin, l'ami de Flaubert.

« Fermez la fenêtre ! C'est trop beau. »

*

Cathédrale de Bordeaux. Dans un coin :

« Grand saint Paul, faites que je sois dans les dix premières. »

« Grand saint Paul, faites qu'il vienne au rendez-vous. »

*

C'est Montherlant qui cite en exergue de *Service inutile* un admirable mot de Mgr Darbout : « Votre erreur est de croire que l'homme a été mis sur terre pour y faire quelque chose. » Et il en tire d'admirables et amères leçons d'héroïsme. Mais on peut en tirer l'enseignement exactement contraire et justifier Diogène ou Ernest Renan. Il n'y a que les grandes pensées pour être capables de cette contradictoire fécondité.

*

Toujours frappé par l'aspect « rigolard » que prend en Algérie ce qui touche à la mort. Rien ne me paraît plus légitime. On ne saurait trop insister sur le caractère ridicule d'un événement qui surgit en général parmi les gargouillis et la sueur. De même on ne saurait trop dégrader l'apparence sacrée qu'on lui prête. Rien n'est plus méprisable que le respect fondé sur la crainte. Et, à ce compte, la mort n'est pas plus respectable que l'empereur Néron ou le commissaire de mon arrondissement.

*

Lawrence : « Le tragique devrait être comme un grand coup de pied au malheur. » (Cf. son communisme aristocratique.)

Id. « Il ne faut pas faire la Révolution pour donner le pouvoir à une classe mais pour donner une chance à la vie. »

*

M. « Les hommes ne sont pas mes semblables. Ils sont ceux qui me regardent et qui me jugent ; mes semblables, ce sont ceux qui m'aiment et qui ne me regardent pas, qui m'aiment contre tout, qui m'aiment contre la déchéance, contre la bassesse, contre la trahison, moi et non ce que j'ai fait ou ferai, qui m'aimeraient tant que je m'aimerais moi-même — jusqu'au suicide compris. »

... « avec elle seule (May) j'ai en commun cet amour, déchiré ou non, comme d'autres ont, ensemble, des enfants malades et qui peuvent mourir. »

*

Personnages absurdes.

Caligula. Le glaive et le poignard.

« Je crois qu'on ne m'a pas bien compris avant-hier quand j'ai assommé le sacrificateur avec le maillet dont il allait abattre la génisse. C'était pourtant très simple. Pour une fois, j'ai voulu changer l'ordre des choses — pour voir, en somme. Ce que j'ai vu, c'est que rien n'est changé. Un peu d'étonnement et d'effroi chez les spectateurs. Pour le reste, le soleil s'est couché à la même heure. J'en ai conclu qu'il était indifférent de changer l'ordre des choses. »

Mais pourquoi le soleil un jour ne se lèverait-il pas à l'ouest ?

*

Id. (Ptolémée). Je l'ai fait tuer parce qu'il n'y avait pas de raison qu'il produisît un plus beau manteau que le mien. Absolument, il n'y avait pas de raison. Naturellement, il n'y avait pas de raison non plus pour que mon manteau fût le plus beau. Mais lui n'en était pas conscient et, puisque j'étais le seul à voir clair, il est normal que je sois avantagé.

*

Don Quichotte et La Pallice.

La Pallice. — Un quart d'heure avant ma mort, j'étais encore en vie. Ceci a suffi à ma gloire. Mais cette gloire est usurpée. Ma vraie philosophie est qu'un quart d'heure après ma mort, je ne serai plus en vie.

Don Quichotte. — Oui, j'ai combattu des moulins à vent. Car il est profondément indifférent de combattre les moulins à vent ou les géants. Tellement indifférent qu'il est facile de les confondre. J'ai une métaphysique de myope.

*

Védas. Ce que l'homme pense, il le devient.

*

Gisèle et la guerre. « Non, je ne lis pas les journaux. Ce qui m'intéresse, c'est le temps qu'il fait. Je vais camper dimanche. »

*

« Savez-vous, Fontanes, ce que j'admire le plus au monde ? C'est l'impuissance de la force à garder quelque chose. Il n'y a que deux puissances au monde : le sabre et l'esprit. A la longue, le sabre est toujours vaincu par l'esprit. » Napoléon [1].

*

Louis XIV. — « Mon enfant, vous allez être un grand roi ; ne m'imitez pas dans le goût que j'ai eu pour la guerre. Tâchez de soulager vos peuples... ce que je suis assez malheureux pour n'avoir pu faire. »

*

Oran.

Le Tlélat [2] comme une préparation à Oran. Le

1. On retrouve cette citation en tête des *Amandiers* (1940), dans *L'Été*.

2. Le Tlélat, plaine assez nue, qu'on découvre à une trentaine de kilomètres au sud-est d'Oran, en venant de Bel-Abbès ou de Relizane.

dépouillement et la disponibilité avant la plongée dans les sens, le recueillement avant la descente aux délicieux enfers.

Pour aller à Oran, on voyage de jour ou on voyage de nuit. De jour, je ne sais pas. Mais de nuit, je sais qu'on arrive au petit matin à Sainte-Barbe-du-Tlélat, après avoir passé les eucalyptus frissonnants de Perrégaux à cette heure qui n'est pas le jour mais qui n'est plus la nuit. Au Tlélat, c'est la petite gare aux volets verts, à la grosse horloge...

... Maintenant, le Tlélat quand il pleut...

... Sainte Barbe du Tlélat, vous qui êtes indifférence, équivalence et disponibilité, gardez-nous des choix trop précipités et laissez-nous cette liberté sans partage qui a nom le dénuement. Dans quelques minutes, ce sera Oran, le poids d'une vie charnelle et sans espoir. Santa-Cruz immobile et l'odeur d'anisette dans les rues de Mers-el-Kébir. Ce sera les « Vieilles Cures » que le café Cintra sert dans la glace pilée, — les Oranaises dont les chevilles sont un peu épaisses et qui vont toujours tête nue. Sainte Barbe, préservez les Oranaises jusqu'au seuil de leur vieillesse et remplacez-les alors par beaucoup de pareilles Oranaises qui se promèneront aussi sous les arbres de la vieille préfecture. Empêchez, sainte Barbe, les Oranaises de penser à Alger et à Paris et enseignez-leur la vérité de ce monde qui est de n'en point avoir. Vous qui êtes comme un quai où l'on fume une cigarette en rêvant, en attendant un coup de sifflet qui vous relancera vers les paysages de la terre, vous savez que je ne suis pas souvent religieux. Mais s'il m'arrive de l'être, vous savez que je n'ai pas besoin de Dieu et que je ne puis l'être qu'au moment où je veux jouer à l'être, parce qu'un train va partir et que ma prière sera sans lendemain. Sainte Barbe, vous qui êtes un point dans l'espace sur la ligne Oran-Alger, plus près d'Oran, très près d'Oran, et un arrêt dans le temps qui m'achemine vers Oran, vous si charnelle et si précise, si terrestre et cardinale, soyez pour quelques secondes la sainte d'un incroyant et la conseillère d'un innocent.

*

Oran [1]. Ville extravagante où les boutiques de chaussures exposent d'affreux modèles en plâtre de pieds torturés, où les farces-attrapes voisinent dans les devantures avec des porte-billets tricolores — où l'on peut encore trouver d'extraordinaires cafés, au comptoir verni de crasse et saupoudré de pattes et d'ailes de mouches, où l'on vous sert dans des verres ébréchés. Heureux cafés d'un heureux pays où le petit café coûte 12 sous et le grand 18. Dans un magasin d'antiquités, une ignoble vierge sculptée dans le bois sourit d'un air indécent, signée d'un célèbre inconnu.

1. Fragments pour *Le Minotaure ou la halte d'Oran* (1939), dans *L'Été*. Cf. p. 19 et 20 (éd. 1954).

Mais au-dessous, pour que nul n'en ignore, les patrons ont mis un écriteau : « Vierge en bois par Maya. » Les boutiques de photographes exposent d'étonnants visages, depuis le marin oranais qui s'appuie du coude sur une console jusqu'à la jeune fille à marier curieusement fagotée devant un fond sylvestre, en passant par l'authentique produit d'Oran, le beau jeune homme, cheveux plaqués, orné d'une bouche comme une tranchée de défense passive.

Ville sans égale et facile avec son défilé de jeunes filles imparfaites et émouvantes, visage sans fard, incapable d'apprêter l'émotion, simulant si mal la coquetterie que la ruse est tout de suite éventée.

Café d'Apollon, chez Milo, petits bars, trams en forme de nacelles, pastels du XVIIIe s'appuyant sur un bourricot mécanique en peluche, eau de Provence pour faire les olives vertes, bouquets patriotiques des fleuristes, Oran, Chicago de notre absurde Europe !

Santa Cruz ciselée dans le roc, les montagnes, la mer plate, le vent violent et le soleil, les grandes grues et les rampes gigantesques qui gravissent le rocher de la ville, les trams, les ponts et les hangars — on sent bien pourtant qu'il y a là une grandeur.

*

J'ai souvent entendu des Oranais se plaindre

de leur ville. « Il n'y a pas de milieu intéressant ! » Eh, parbleu, vous ne le voudriez pas. Une certaine grandeur ne prête pas à l'élévation. Elle est inféconde par état. Elle maintient l'homme devant sa condition. Laissez donc les milieux et descendez dans la rue. (Mais Oran n'est pas fait pour les Oranais.)

*

Oran. Canastel et la mer immobile au pied des falaises rouges. Deux caps somnolents et massifs dans l'eau claire. Le petit bruit d'un moteur qui monte vers nous. Et un garde-côte qui avance imperceptiblement dans la mer éclatante, baigné de lumière radieuse. Un excès dans l'indifférence et la beauté — l'appel de forces inhumaines et étincelantes. Sur le plateau, des colchiques de couleur exquise et de chair nerveuse.

*

La baie de Mers-el-Kébir et le chemin sous les amandiers en fleurs ; le dessin parfait de la baie — son étendue *moyenne* — l'eau comme une plaque de métal bleu. Indifférence.

Id. par-dessus la fabrique de tuiles. Rouge et bleu. Transparence des choses. Indifférence.

*

Novembre.

Devant Borgia, élu pape, on allume trois fois un feu d'étoupes pour rappeler à ce maître du monde que la gloire du monde est chose qui passe.

Il rendait la justice d'une façon « admirable » (Burchard).

*

Innocent VIII à qui un médium juif avait fait boire du lait de femme mêlé de sang humain.

Ferdinand de Naples embaumant les cadavres suppliciés de ses ennemis pour « en orner ses appartements ».

Alexandre et Lucrèce Borgia qui protégeaient les Juifs en toute occasion. Alexandre partage le monde entre Espagnols et Portugais en traçant une ligne droite des Açores au pôle austral. Le monde ne vaut pas plus que ça.

*

Selon Burchard [1].

Après le meurtre du duc de Gandie, son fils.

Alexandre VI était resté dans la stupeur d'une

1. Burchard, chroniqueur du XVe siècle.

peine farouche. Les yeux fixes, il avait contemplé la dépouille inerte et sanglante — puis s'était enfermé dans sa chambre où on l'entendit sangloter.

Resta sans manger et sans boire du jeudi au samedi et sans dormir jusqu'au dimanche.

César Borgia. Robuste, avait des « accidents de santé », abcès qui le tenaient au lit, « des pressentiments funèbres se mêlaient à cette jeune gloire ». Coupait alors son travail de plaisirs violents. Dormait le jour — travaillait la nuit — « Aut Caesar aut nihil ».

*

29 novembre.

Roman. Il n'arrive à rien et n'arrivera à rien parce qu'il s'éparpille, parce qu'il ne sait pas choisir entre ses devoirs et qu'on ne fait une œuvre d'art que si...

Il est expliqué tout entier par ses habitudes. Son habitude la plus mortelle : rester couché. C'est plus fort que lui. Et ce qu'il veut devenir, ce dont il rêve, ce qu'il admire est le contraire. Il veut une œuvre qui soit née du contraire de l'habitude — les résolutions qu'il prend.

*

29 novembre.

L'exaltation du divers, de la quantité, en pariculier de la vie des sens et de l'abandon aux nouvements profonds n'est légitime que si l'on ait la preuve de son désintéressement à l'égard le l'objet.

Il y a aussi le saut dans la matière — et bien les hommes qui exaltent les sens ne le font que parce qu'ils en sont les esclaves. Ici aussi le vautour est embrassé.

D'où nécessité absolue d'avoir fait l'épreuve, par exemple, de la chasteté, de s'être traité rigoureusement. Avant toute entreprise théorique, visant à la glorification de l'immédiat, s'impose *un mois* d'ascèse dans tous les sens.

Chasteté sexuelle.

Chasteté dans la pensée — interdire aux désirs de s'égarer, à la pensée de se disperser.

Un seul sujet — constant — de méditation — refuser le reste.

Un travail à heure fixe, continu, sans défaillances, etc., etc. (ascèse morale aussi).

Une seule défaillance et tout coule : pratique et théorie.

*

A Ferrare, le palais de Schifanoia, construit par Albert d'Este pour « esquiver l'ennui ».

Les Este.

Hippolyte qui fait arracher les yeux à son frère Jules parce que la femme qu'il aimait a dit « préférer les yeux de Jules au corps d'Hippolyte ».

Jules et Fernand qui veulent assassiner Hippolyte et Alphonse d'Este. Découverts, condamnés graciés sadiquement sur l'échafaud. Mais 35 ans de cachot pour Fernand qui y mourut, 54 pour Jules qui en sortit fou.

Alphonse d'Este qui fait couler une statue de Jules II par Michel-Ange et en fait un canon.

Cf. Gonzague Truc. « Ils ne construisaient que pour eux et, faute de s'effacer devant l'œuvre de la ranger avec humilité dans le sens de l'œuvre mystérieuse du monde (?), de la nourrir de valeurs éternelles (?), ils la condamnaient à disparaître aussitôt que née. D'eux-mêmes il ne subsistait que des noms hautains et maudits. » *Justement.*

*

Bibliographie Borgia.

Louis de Villefosse (*Machiavel et nous,* 1937)

Rafaël Sabatini (*César Borgia,* 37).

Fred Bérence (*Lucrèce Borgia*, 37).

Gab. Brunet (*Ombres vivantes*, 36).

L. Collison-Morley (*Histoire des Borgia*).

Charles Benoist (*Machiavel*).

Le *Journal* de Jean Burchard (éd. Turmel, 1933), etc., etc.

*

1940.

Les soirs sur la terrasse des Deux Merveilles.

La palpitation de la mer qu'on devine au creux de la nuit. Le frémissement des oliviers et l'odeur de fumée qui monte de la terre.

Les rochers dans la mer couverts de mouettes blanches. Leur masse grise éclairée par la blancheur des ailes, comme des cimetières flottants et lumineux.

*

Roman.

Cette histoire commencée sur une plage brûlante et bleue, dans les corps bruns de deux êtres jeunes — bains, jeux d'eaux et de soleil — soirs d'été sur les routes des plages avec l'odeur de fruit et de fumée au creux de l'ombre — le corps et sa détente dans des vêtements légers. L'attirance, l'ivresse secrète et tendre dans un cœur à dix-sept ans.

— Terminée à Paris avec le froid ou le ciel gris, les pigeons parmi les pierres noires du Palais-Royal, la cité et ses lumières, les baisers rapides, la tendresse énervante et inquiète, le désir et la sagesse qui monte dans un cœur d'homme de vingt-quatre ans — le « restons des camarades ».

Id. Cette autre histoire commencée par une nuit froide et orageuse, dos contre terre parmi les cyprès devant un ciel traversé d'étoiles et de nuages ;

– poursuivie sur les collines d'Alger ou devant le port mystérieux et large.

— Casbah misérable et magnifique, cimetière d'El Kettar déversant toutes ses tombes vers la mer, lèvres chaudes et molles entre les fleurs de grenadier et une tombe — arbres, coteaux, montée vers la Bouzaréah desséchée et pure et, retournés vers la mer, le goût des lèvres et les yeux pleins de soleil.

Cela ne commence pas dans l'amour mais dans le désir de vivre. L'amour est-il si loin lorsque, dans la grande maison carrée au-dessus de la mer, les deux corps se rejoignent et se pressent après être montés dans le vent et que, du fond de l'horizon, la respiration sourde de la mer monte jusqu'à cette chambre isolée dans le monde ? Nuit merveilleuse où l'espoir d'amour ne se sépare pas de la pluie, du ciel et des silences de la terre. Juste équilibre de deux êtres unis par l'extérieur et rendus semblables par une commune indifférence à tout ce qui n'est pas ce moment dans le monde.

Cet autre moment qui est comme une danse, elle en robe de style, lui en costume de danseur.

*

Les premiers amandiers en fleurs sur la route, devant la mer. Une nuit a suffi pour qu'ils se couvrent de cette neige fragile dont on imagine mal qu'elle puisse résister au froid et à cette pluie qui trempe tous les pétales [1].

*

Dans le trolleybus.

La vieille dame qui a une figure de maquerelle mais qui porte une croix entre des seins absents :

« Les femmes honnêtes, ça sait garder son rang. Ce n'est pas comme ces femmes qui profitent de la guerre. Le mari est parti, elles touchent l'allocation, alors elles le trompent. Tenez, j'en connais une qui m'a dit : « Il peut bien crever au front. Il était méchant dans le civil. Ce n'est pas la guerre qui le changera. » J'ai eu beau lui dire : « Maintenant qu'il est au front, il faut pardonner », rien à faire. Mais, Monsieur, les mauvaises femmes sont comme ça. C'est dans le sang, c'est dans le sang, je vous dis que c'est dans le sang. »

*

Février.

Oran. De très loin, à partir de Valmy, dans le train, la montagne de Santa-Cruz, avec son encoche profonde en pleine terre et la cathédrale elle-même comme un doigt de pierre dressé dans le ciel bleu.

Au coin du boulevard Gallieni, il faut se faire cirer les souliers à dix heures du matin. Un vent

1. Fragment pour *Les Amandiers* dans *L'Été* p. 73, (éd. 1954).

frais, le soleil clair, des hommes et des femmes qui se pressent et, juché sur les hauts fauteuils, l'extraordinaire contentement qu'on trouve à regarder le travail des cireurs. Tout est fini, fignolé, conduit dans le détail. A un moment, on peut croire que l'étonnante opération est terminée, à les voir manier les brosses douces et à contempler le définitif poli des souliers. Mais alors la même main acharnée repasse encore du cirage sur la surface brillante, la ternit, la frotte, fait pénétrer le cirage dans le tréfonds des peaux et fait jaillir sous la brosse le double et vraiment définitif éclat sorti des profondeurs du cuir [1].

*

La maison du colon qui exprime à la fois une métaphysique, une morale et une esthétique. Pièce montée terminée par un pschent égyptien. Curieuse mosaïque, on ne sait pourquoi de style byzantin où de charmantes infirmières à sandales portent des couffins de raisins et où tout un cortège d'esclaves vêtus à l'antique se presse vers un gracieux colon à casque colonial et à nœud papillon.

*

La rue d'Austerlitz et ses Juifs centenaires. Chaque action : une petite scène de théâtre.

1. Fragments pour *Le Minotaure*, cf. p. 22-23, 45-46, 52, (éd. 1954).

*

Les tailleurs comme Marie-Christine sont « not only fashionable but always up to date ». Les laxatifs ne « sont que des pis-aller. Une selle forcée n'atteint pas la cause ».

*

Du haut de la route en corniche, l'épaisseur des falaises est telle, que ce paysage devient irréel à force d'être précieux. L'homme en est proscrit et à ce point que tant de beauté pesante semble venir d'un autre monde.

*

Petite place de la Perle, où jouent des enfants à deux heures. Mosquée, minarets, bancs, un peu de ciel. La radio espagnole dont la voix grelotte. Ce que j'aime ici, c'est une heure qui n'est pas celle-ci mais que je devine, où le ciel d'été vidé de sa chaleur, la petite place s'adoucit dans le soir, les militaires et les femmes y tournent en rond tandis que l'odeur d'anisette attire les hommes vers les bars.

*

Roman de femmes : Un seul thème : la sincérité.

*

« O mon âme, n'aspire pas à la vie immortelle mais épuise le champ du possible » (Pindare — *3ᵉ Pythique*)[1].

*

Personnages.

Le vieux et son chien. Huit ans de haine[2].

L'autre et son tic de langage : « Il était charmant, je dirai plus, agréable. »

« Un bruit assourdissant, je dirai plus, éclatant. »

« C'est éternel, je dirai plus : humain. »

A.T.R.

*

Une matinée dans le soleil et les corps nus. Douche, puis chaleur et lumière.

*

Février.

Ce visage florentin qui dit son amour et son passé douloureux. Quelle est la part du jeu ?

1. Cette citation servira d'épigraphe au *Mythe de Sisyphe*.

2. Il s'agit visiblement du vieux Salamano et de Masson de *L'Étranger* (Chap. IV et p. 75), (édit. 1961).

Quelle est aussi la part de l'émotion, si grande, si bouleversante à certaines secondes, si ténue à d'autres ?

M. — comme l'âme de Paris. Cette matinée dans le soleil et la ville pleine de lumières — ses yeux comme la ville et cette vie facile. « O dolore dei tuoi martiri, o diletto del tuo amore. »

« Ce n'est pas un amour qu'elle représente, mais une chance de vie — tout ce qui n'est pas l'exil, tout ce qui est le consentement à la vie. Et jamais chance de vie n'a eu visage si émouvant. Qui peut être sûr d'aimer ? Mais tout le monde sait reconnaître l'émotion. Cette chanson, ce visage, cette voix profonde et souple, cette vie ingénieuse et libre, c'est tout ce que j'attends et espère. Et si j'y renonce, ils demeurent néanmoins comme autant de promesses de libération et comme cette image de moi-même dont je ne puis me détacher. »

*

Mars.

Que signifie ce réveil soudain — dans cette chambre obscure — avec les bruits d'une ville tout d'un coup étrangère ? Et tout m'est étranger, tout, sans un être à moi, sans un lieu où refermer cette plaie. Que fais-je ici, à quoi riment ces gestes, ces sourires ? Je ne suis pas d'ici — pas d'ailleurs non plus. Et le monde n'est plus qu'un paysage inconnu où mon cœur ne trouve plus d'appuis. Etranger, qui peut savoir ce que ce mot veut dire.

*

Etranger, avouer que tout m'est étranger.

Maintenant que tout est net, attendre et ne rien épargner. Travailler du moins de manière à parfaire à la fois le silence et la création. Tout le reste, tout le reste, quoi qu'il advienne, est indifférent.

*

Soir : Evénements. Personnages. Réactions personnelles.

*

Trouville. Un plateau plein d'asphodèles devant la mer. De petites villas à barrières vertes ou blanches, à véranda, quelques-unes enfouies sous les tamaris, quelques autres nues au milieu des pierres. La mer gronde un peu, en bas. Mais le soleil, le vent léger, la blancheur des asphodèles, le bleu déjà dur du ciel, tout laisse imaginer l'été, sa jeunesse dorée, ses filles et ses garçons bruns, les passions naissantes, les longues heures au soleil et la douceur subite de ses soirs. Quel autre sens trouver à nos jours que celui-ci et la leçon de ce plateau : une naissance et une mort, entre les deux la beauté et la mélancolie.

*

R. C. Un de ces types dont on se dit qu'ils doivent se cacher pour aller aux w.-c. Et puis non, ils s'en sont fait une théorie et c'est la grandeur de l'homme que de sentir ce qui le rabaisse. Et, du coup, c'est nous qui sommes dégoûtés.

*

S. qui veut écrire le journal d'un roman que son auteur n'a pas écrit.

*

De plus en plus, devant le monde des hommes, la seule réaction est l'individualisme. L'homme est à lui seul sa propre fin. Tout ce qu'on tente pour le bien de tous finit par l'échec. Même si l'on veut toutefois le tenter, il est convenable de le faire avec le mépris voulu. Se retirer tout entier et jouer son jeu. (Idiot.)

*

L'homme qui reçoit une lettre du mari de la femme dont il est l'amant. Dans cette lettre, le mari crie son amour et avoue qu'avant de se livrer à la colère il veut s'adresser directement à son rival. Ce que l'amant craint, c'est la colère.

D'où ce qu'il admire c'est le mouvement de générosité du mari. Et plus il a peur, plus il le dit. Il insiste. Il a donc le beau rôle. Il abandonnera tout, rien qu'en reconnaissance de ce mouvement généreux, il va se sacrifier — sans murmure — il vaut tellement moins. A tout cela, il croit d'ailleurs en partie. Mais il faut faire aussi la part de la peur des claques.

Un chien dans la villa. S. l'accueille malgré sa mère. Le chien vole deux anchois. La mère le poursuit et le chien s'enfuit, épouvanté, pendant que S. dit : « Reste, reste. Ne t'affole pas. »

Après : S. — Ce pauvre chien, il croyait déjà au paradis.

La mère : — Moi aussi, j'ai cru à des paradis et je ne les ai jamais vus de ma vie.

S. — Oui, mais lui était déjà entré.

*

Descente vers la mer au-dessus de Mers-el-Kébir. La ligne des collines et des falaises qui entourent la baie. Cœur fermé.

*

Marseille. La foire : « La vie ? Le Néant ? Illusions ? Mais la vérité quand même. » Grosse caisse. Boum, boum, entrez dans le Néant.

*

A l'aube des temps modernes : Tout est consommé ? D'accord, alors commençons de vivre.

*

Paris. Mars 1940.

Ce qu'il y a de haïssable à Paris : la tendresse, le sentiment, la hideuse sentimentalité qui voit joli ce qui est beau et trouve beau le joli. La tendresse et le désespoir de ces ciels brouillés, des toits luisants, de cette pluie interminable.

Ce qu'il y a d'exaltant : la terrible solitude. Comme remède à la vie en société : la grande ville. C'est désormais le seul désert praticable. Le corps ici n'a plus de prestige. Il est couvert, caché sous des peaux informes. Il n'y a que l'âme, l'âme avec tous ses débordements, ses ivrogneries, ses intempérances d'émotion pleurarde et le reste. Mais l'âme aussi avec sa seule grandeur : la solitude silencieuse. Quand on voit Paris du haut de la Butte, comme une monstrueuse buée sous la pluie, une enflure informe et grise de la terre, si l'on retourne alors vers le Calvaire de Saint-Pierre de Montmartre, on sent la parenté d'un pays, d'un art et d'une religion. Toutes les lignes de ces pierres frémissent, tous les corps crucifiés ou flagellés emplissent l'âme de la même émotion éperdue et souillée que la ville elle-même.

Mais d'un autre côté, l'âme n'a jamais raison et ici moins qu'ailleurs. Car les plus splendides visages qu'elle ait donnés à cette religion si soucieuse d'âme sont taillés dans la pierre à l'image de la chair. Et ce dieu, s'il vous touche, c'est par son visage d'homme. Singulière limitation de la condition humaine qui lui rend impossible de sortir de l'humain, qui donne l'apparence du corps à ceux de ses symboles qui veulent nier le corps. Ils le nient mais il leur donne ses prestiges. Le corps seul est généreux. Ce légionnaire romain, nous le sentons vivant à cause de ce nez extraordinaire ou de ce dos bosselé, ce Pilate à cause de cette expression d'ennui ostentatoire que la pierre lui conserve depuis des siècles.

Le christianisme à cet égard l'a compris. Et s'il nous a touchés si avant c'est par son Dieu fait homme. Mais sa vérité et sa grandeur s'arrêtent à la croix, et à ce moment où il crie son abandon. Arrachons les dernières pages de l'Evangile et voici qu'une religion humaine, un culte de la solitude et de la grandeur nous est proposé. Son amertume la rend bien sûr insupportable. Mais là est sa vérité et le mensonge de tout le reste.

D'où vient que savoir rester seul à Paris un an dans une chambre pauvre apprend plus à l'homme que cent salons littéraires et quarante ans d'expérience de la « vie parisienne ». C'est une chose dure, affreuse, parfois torturante, et toujours si près de la folie. Mais dans ce voisinage, la qualité d'un homme doit se tremper et s'affirmer — ou périr. Mais si elle périt, c'est qu'elle n'était pas assez forte pour vivre.

*

Eisenstein et les Fêtes de la Mort au Mexique[1]. Les masques macabres pour amuser les enfants, les têtes de mort en sucre qu'ils grignotent avec délices. Les enfants rient avec la mort, ils la trouvent gaie, ils la trouvent douce et sucrée. Aussi des « petits morts ». Tout finit à « Notre amie la Mort ».

*

Paris.

La femme de l'étage au-dessus s'est suicidée en se jetant dans la cour de l'hôtel. Elle avait 31 ans, dit un locataire, c'est assez pour vivre et, si elle a vécu un peu, elle pouvait mourir. Dans l'hôtel, toute l'ombre du drame traîne encore. Elle descendait quelquefois et demandait à la patronne de la garder à souper. Elle l'embrassait brusquement — par besoin d'une présence et d'une chaleur. Ça finit par une lézarde de six centimètres dans le front. Avant de mourir, elle a dit : « Enfin ! »

1. Il s'agit probablement des séquences filmées par Eisenstein pour un film inachevé et présentées sous les noms de : *Time in the sun* et *Que viva Mexico.*

*

Paris. Les arbres noirs dans le ciel gris et les pigeons couleur de ciel. Les statues dans l'herbe et cette élégance mélancolique...

L'envol des pigeons comme un claquement de linge qui se déplie. Les roucoulements dans l'herbe verte.

*

Paris. Les petits cafés à 5 heures du matin — la buée sur les vitres — le café bouillant — le public des Halles et des convoyeurs — le petit verre matinal et le beaujolais.

La Chapelle. Brumes — voies aériennes et lampadaires.

*

Léger. Cette intelligence — cette peinture métaphysique qui repense la matière. Curieux : dès qu'on repense la matière, la seule chose permanente est justement celle qui faisait *l'apparence* : la couleur.

*

Le type dans une brasserie qui entend une dame téléphoner et appeler son numéro et son nom. *Il* répond au bout du fil. Elle *lui* parle comme s'il était là-bas (famille, détails précis, etc.). Il ne comprend pas. C'est comme ça.

*

Sans lendemain.

« Les œuvres dont parle ici J. M. ont été brûlées. Mais on entend bien qu'il eût pu tout autant les publier et qu'il n'y aurait eu là qu'indifférence ou contradiction, ce qui revient au même. » S. L.

*

Pour donner la ponctuation et la respiration, l'écrire tout au long de ma vie. « Aujourd'hui, j'ai 27 ans », etc.

*

Faire système de notes par commentateur (ou préface qui résume).

*

Le petit soldat espagnol au restaurant. Pas un mot de français et ce désir de chaleur humaine quand il s'adresse à moi. Paysan d'Estrémadure, combattant républicain, camp de concentration d'Argelès, engagé dans l'armée française. Quand il prononce le nom de l'Espagne, il a tout son ciel dans les yeux. Il a huit jours de permission.

Il est venu à Paris qui l'a broyé en quelques heures. Sans un mot de français, s'égarant dans le métro, étranger, étranger à tout ce qui n'est pas sa terre, sa joie sera de retrouver ses amis du régiment. Et même s'il doit crever sous un ciel bas et des boues grasses, ce sera du moins côte à côte avec des hommes de son pays.

*

Avril.

A La Haye. L'homme qui vit dans une pension dont il ignore que c'est un bordel. Jamais personne dans la salle à manger. Il descend en robe de chambre. Entre un monsieur en jaquette et haut de forme. Il est raide, méticuleux et nègre. Il demande un très bon repas. La colombe de la salle à manger roucoule. Puis l'homme s'en va en laissant sur sa table le prix du repas. Soudain silence. Le garçon revient et s'affole brusquement. Le nègre a emporté la colombe sous son gibus.

*

Roman (2ᵉ partie — conséquences).

L'homme (J. C.) s'est fixé tel jour pour mourir — assez rapproché. Son étonnante et immédiate supériorité sur toutes les forces sociales et autres.

*

Dans le métro, le petit militaire. Une quarantaine d'années. Veut obtenir un rendez-vous d'une fille assez jeune. « Je pourrais peut-être aller vous voir si je passais par là un de ces jours. — Non, mon frère me disputerait. — Ah oui, évidemment, c'est trop naturel, vous avez raison. Mais est-ce que je puis vous écrire ? — Non, j'aimerais mieux vous donner un rendez-vous. » Il est débordé par cet acquiescement direct qu'il essayait d'obtenir par des voies détournées. « Ah bien, c'est ça, c'est ça. Oui, vous avez raison, tout à fait raison, c'est préférable. Eh bien, voyons. Demain, c'est lundi. Oui, c'est lundi. Voyons, vers quelle heure ? Je cherche, vous savez, parce que dans ce métier... Voyons, oui, c'est lundi demain. Eh bien, à cinq heures ?

Elle (toujours directe). — Vous ne pouvez pas après dîner ?

Lui (toujours dépassé). — Mais oui, mais oui, vous avez encore raison.

Elle. — A huit heures.

Lui. — Oui, oui, à huit heures. A la Terrasse, voulez-vous ?

Elle. — Oui.

Il se tait. Mais tout d'un coup on le sent pris d'une panique qu'il ne veut pas avouer. Il a besoin de prendre ses précautions contre la perte possible d'une aventure devenue si facile et si précieuse. « Et s'il y avait un empêchement je pourrais vous écrire ? — Non, j'aime mieux pas. — Eh bien, nous pouvons convenir d'un autre rendez-vous, dans le cas où il y aurait un empêchement. — Oui, jeudi à 8 heures au même endroit. » Il est content, mais il a peur tout d'un coup que ce nouveau rendez-vous fasse sous-évaluer celui de demain. — « Mais demain, n'est-ce pas, à 8 heures, sans faute ? Ce n'est qu'en cas d'accident. — Oui », dit l'autre. Elle descend à la Concorde et lui à Saint-Lazare.

*

Peintre qui va à Port-Cros pour peindre. Et tout est si beau qu'il achète une maison, range ses tableaux et n'y touche plus.

*

Sentir à *Paris-soir* [1] tout le cœur de Paris et son abject esprit de midinette. La mansarde de Mimi est devenue gratte-ciel mais le cœur est resté le même. Il est pourri. La sentimentalité, le pittoresque, la complaisance, tous ces refuges visqueux où l'homme se défend dans une ville si dure à l'homme.

1. Camus travaille à ce moment comme journaliste à *Paris-soir*, où il a rejoint Pascal Pia.

*

Vous n'écririez pas tant sur la solitude si vous saviez en tirer le maximum.

*

« Je suis, dit-il, un olfactif. Et il n'y a pas d'art qui s'adresse à ce sens. Il n'y a que la vie. »

*

Nouvelle. Prêtre heureux de son sort dans une campagne provençale. Par accident, assiste un condamné à mort dans ses derniers moments. Y perd sa foi [1].

*

Avril.

Préface Terracini — ... Ce goût d'exil, beaucoup parmi nous en sentent aussi la nostalgie. Ces terres d'Italie et d'Espagne ont formé tant d'âmes européennes qu'elles appartiennent un peu à l'Europe, à cette Europe des esprits qui prévaudra sur toutes celles qu'on forgera par les armes. Là est peut-être la signification de ces pages. Mais cette actualité était valable déjà il y a

1. Ce pourrait être le point de départ du personnage de Paneloux, en même temps que le prolongement de *L'Étranger*.

200 ans. Elle l'est encore. Et il ne faut point désespérer que sa jeunesse sera toujours vivante le jour où des fleurs finiront par renaître sur les ruines.

*

IIe série. Pour Don Juan. Voir Larousse : les moines franciscains le tuèrent et le firent passer pour foudroyé par le Commandeur. Dernier acte. Discours des franciscains au peuple : « Don Juan s'est converti », etc. « Gloire à Don Juan ».

Avant-dernier acte : provocations du Commandeur qui ne vient pas. Amertume d'avoir raison [1].

*

IIe série. Pour Don Juan.

(Le père et Don Juan entrent dans le vestibule de Don Juan et celui-ci raccompagne le moine vers la porte.)

Début I.

Le père franciscain. — Vous ne croyez donc à rien, Don Juan ?

Don Juan. — Si, mon père, à trois choses.

Le père. — Peut-on savoir lesquelles ?

Don Juan. — Je crois au courage, à l'intelligence et aux femmes.

1. On retrouve ce thème dans *Le Mythe de Sisyphe*. On se souviendra également que Camus avait toujours rêvé, et jusqu'à la fin de sa vie, d'écrire un *Don Juan*. Il avait entrepris, peu avant sa mort, de traduire le *Burlador* de Tirso de Molina.

Le père. — Il faudra donc désespérer de vous.

Don Juan. — Oui, s'il faut plaindre un homme heureux. Au revoir mon père.

Le père (sur la porte). — Je prierai pour vous, Don Juan.

Don Juan. — Je vous en remercie, mon père. Je veux voir là une forme de courage.

Le père (doucement). — Non, Don Juan, il s'agit seulement de deux sentiments que vous vous obstinez à méconnaître : la charité et l'amour.

Don Juan. — Je ne connais que la tendresse et la générosité qui sont les formes viriles de ces vertus femelles. Mais adieu, mon père.

Le père. — Adieu, Don Juan.

*

Mai.

L'Etranger est terminé.

*

L'admirable Misanthrope, avec ses contrastes grossiers et ses caractères types.

Alceste et Philinte

Célimène et Eliante

La monotonie d'Alceste — l'absurde conséquence d'un caractère poussé vers sa fin — qui fait tout le sujet. Et le vers, « le mauvais vers », à peine scandé comme la monotonie même du caractère.

*

Exode.

Clermont. L'asile des fous et son étrange horloge. Les petits matins sales à 5 heures. Les aveugles — le fou de l'immeuble qui hurle toute la journée — cette terre à petite échelle. Tout le corps tourné vers deux pôles, la mer ou Paris. C'est à Clermont qu'on peut connaître Paris.

*

Septembre.

Fini 1re partie Absurde[1].

L'homme qui rase sa maison, brûle ses champs et les recouvre de sel pour ne pas les céder.

*

Petit homme de la Banque de France. Transféré à Clermont, essaie d'avoir les mêmes habitudes. Y réussit presque. Mais avec un imperceptible décalage.

*

Octobre 1940. Lyon.

Saint Thomas (lui-même sujet de Frédéric)

1. Il s'agit de la première partie du *Mythe de Sisyphe.*

reconnaît aux sujets le droit à la révolte. Cf. Baumann : *Politique de saint Thomas,* p. 136.

*

Le dernier Carrara, prisonnier dans Padoue vidée par la peste, assiégée par les Vénitiens, parcourait toutes les salles de son palais en hurlant : il appelait le diable et lui demandait la mort.

A Sienne sans doute, un condottiere sauve la ville. Il demande tout. Raisonnement du public : « Rien ne le récompensera jamais assez, pas même le pouvoir suprême. Tuons-le. Nous l'adorerons ensuite. » Ainsi fut fait.

Jean-Paul Baglione, dont Machiavel dit qu'il manqua l'occasion de se rendre immortel en manquant celle d'assassiner le pape Jules II.

Burchard : « La scélératesse, l'impiété, le talent militaire et la culture intellectuelle se trouvaient réunis chez J. Malatesta (mort en 1417).

Philippe Marie Visconti, condottiere de Milan, ne voulait jamais entendre parler de la mort et demandait qu'on fît disparaître de sa vue ses favoris mourants. Et pourtant Burchard : « Il mourut avec noblesse et dignité. »

Au tombeau de Dante, à Ravenne, le peuple

ôtait les cierges de l'autel pour en honorer Dante : « Tu en es plus digne que l'autre, le crucifié. »

*

Nouvelle : Le Rhône, la Saône, les suivre pendant leur cours, l'un bondit, l'autre hésite et finit par le rejoindre et se perdre dans son élan. Deux êtres les descendent : parallèles.

*

Nouvelle : histoire Y.

*

Ternay. Petit village désert et froid qui surplombe le Rhône [1]. Ciel gris et vent glacé comme une robe souple. Les hautes terres en friche. Quelques sillons noirs et les vols de corbeaux. Petit cimetière ouvert en plein ciel : ils ont tous été bon époux et bon père. Ils laissent tous des regrets éternels.

*

La vieille église avec une copie de Boucher. La chaisière : elle a eu si peur lorsque les bombardiers allemands sont venus. Déjà, dans la der-

1. Ternay, village de l'Isère.

nière guerre, la commune avait trente morts. Maintenant il n'y a que dix-huit prisonniers, mais c'est dur quand même. Tout à l'heure il y aura un mariage, deux jeunes. L'institutrice est une réfugiée d'Alsace, elle n'a pas de nouvelles de ses parents. « Croyez-vous que cela va s'arrêter bientôt, Monsieur ? » Son fils est mort en 14, elle est allée chercher son corps blessé et s'est trouvée près de la retraite de la Marne. Elle l'a ramené, il est mort chez lui. « Je n'oublierai jamais ce que j'ai vu. »

Au dehors, le même ciel et le même froid. Les labours sont tièdes et le fleuve en bas coule, étale et luisant, avec un frémissement de temps en temps. Un peu plus loin, la salle d'attente d'une petite gare à Serresin. Eclairage de guerre — ombre sur les affiches invitant à vivre heureux à Bandol. Poêle éteint et les 8 de l'arrosage matinal sont restés en décalque sur les dalles froides. Une heure à attendre avec le grondement lointain des trains et du vent du soir sur la vallée. Si isolé et si proche. On touche ici sa liberté, et qu'elle est affreuse ! Solidaire, solidaire de ce monde où les fleurs et le vent ne feront jamais pardonner tout le reste.

*

Décembre.

(Egypte)

Les Grecs — Les Etrusques — Rome et sa décadence — Les Alexandrins et les Chrétiens

— Saint Empire Romain Germanique et la pensée audacieuse — Provence et schismes provençaux — Renaissance italienne — Période élizabéthaine — L'Espagne — De Gœthe à Nietzsche — la Russie.

Inde, Chine, Japon

Mexique — Etats-Unis.

Les styles — de la colonne dorique à l'arche de ciment par le gothique et le baroque.

Histoire Philosophie Art Religion

P.S.M.

*

Décembre.

Les Grecs. Histoire — Littérature — Art — Philosophie.

*

Consciemment ou non, les femmes utilisent toujours ce sentiment de l'honneur et de la parole donnée qui est si vif chez l'homme.

*

Les fils de Caïn — au naturel. Le père spectateur du meurtre d'Abel et qui n'empêche rien. Mais Caïn grandit en souffrance et en force. Le père offre le pardon que Caïn refuse : « Je ne veux plus regarder ta face. »

(Ou bien poème — *id.* Juda.)

*

Oran. Janvier 41.

Histoire de P. Le petit vieux qui lance du premier étage des bouts de papier pour attirer les chats. Puis il crache dessus. Quand l'un des chats est atteint, le vieux rit[1].

*

Il n'y a pas un lieu que les Oranais n'aient souillé par quelque hideuse construction qui devrait écraser n'importe quel paysage. Une ville qui tourne le dos à la mer et se construit en tournant autour d'elle-même à la façon des escargots. On erre dans ce labyrinthe, cherchant la mer comme le signe d'Ariane. Mais on tourne en rond dans toutes ces rues disgracieuses et laides. A la fin, le Minotaure dévore les Oranais : c'est l'ennui[2].

Mais tout cela en vain : l'une des terres les plus fortes du monde fait éclater le décor malencontreux dont on la couvre et fait entendre ses cris violents entre chaque maison et au-dessus de tous les toits. Et la vie qu'on peut mener à Oran par-dessus l'ennui est à l'égal de cette terre. Oran

1. Fragment pour *Le Minotaure* (dernière partie : « La Pierre d'Ariane ») et partiellement repris pour la présentation d'Oran, dans *La Peste*.
2. Note pour *La Peste*.

fait la preuve qu'il y a dans les hommes quelque chose de plus fort que leurs œuvres.

On ne peut pas savoir ce qu'est la pierre si l'on n'est pas venu à Oran. Dans l'une des villes les plus poussiéreuses du monde, le caillou et la pierre sont rois. Ailleurs les cimetières arabes ont la douceur que tout le monde sait. Ici, au-dessus du ravin Raz el Aïn, face à la mer, ce sont, plaqués contre le ciel bleu, des champs de pierres crayeuses et friables dont la blancheur aveugle. Au milieu de ces ossements de la terre, un géranium rouge de temps en temps comme le sang frais et la vie.

*

On écrit des livres sur Florence et Athènes. Ces villes ont formé tant d'esprits européens qu'il faut bien qu'elles aient un sens. Elles ont de quoi attendrir ou exalter. Elles apaisent une certaine faim de l'âme dont l'aliment est le souvenir. Mais personne n'aurait l'idée d'écrire sur une ville où rien ne sollicite l'esprit, où la laideur a pris une part sans mesure, où le passé est réduit à rien. Et pourtant cela parfois est bien tentant.

Qu'est-ce qui fait qu'on s'attache et s'intéresse à ce qui n'a rien à offrir ? Ce vide, cette laideur, cet ennui sous un ciel implacable et magnifique, quelles sont leurs séductions ? Je peux répondre : la créature. Pour une certaine race d'hommes, la créature, partout où elle est belle, est une patrie

aux mille capitales. Oran est l'une de celles-ci.
Café. Langoustines, brochettes, escargots dont la sauce emporte la bouche. On la calme ensuite avec un muscat doux et écœurant. Cela ne s'invente pas. A côté un aveugle chante « flamenco ».

*

Les collines au-dessus de Mers-el-Kébir comme un paysage parfait.

*

Servitude et Grandeur militaires. Admirable livre qu'il faut relire à l'âge d'homme.

« Montecuculli qui, Turenne étant tué, se retira, ne daignant plus engager la partie contre un joueur ordinaire. »

L'honneur, « c'est une vertu toute humaine que l'on peut croire née de la mort, sans palme céleste après la mort ; c'est la vertu de la vie ».

*

Oran. Ravin de Noiseux : long cheminement entre deux versants desséchés et poussiéreux. La terre craque sous le soleil. Les lentisques sont couleur de pierre. Le ciel au-dessus déverse régulièrement sa provision de chaleur et de feu. Peu à peu les lentisques grossissent et verdissent. Un gonflement de la végétation, d'abord inappréciable, puis surprenant. Au bout d'une très longue route, les lentisques peu à peu deviennent chênes, tout à la fois s'accroît et s'adoucit et, à un tournant brusque, un champ d'amandiers en fleurs : comme une eau fraîche pour la vue. Un petit vallon comme un paradis perdu.

La route à flanc de coteau qui domine la mer. Carrossable mais abandonnée. Elle est maintenant couverte de fleurs. Pâquerettes et boutons d'or en font une route jaune et blanche.

*

21 février 1941.

Terminé *Sisyphe*. Les trois Absurdes sont achevés.

Commencements de la liberté.

*

15 mars 1941.

Dans le train. — Vous avez bien connu Camps ?

— Camps ? Un grand maigre avec une moustache noire ?

— Oui, qui était à l'aiguillage, à Bel-Abbès.

— Oui, bien sûr.

— Il est mort.

— Ah ! Et de quoi ?

— De la caisse.

— Tiens, il n'avait pas l'air.

— Oui, mais il faisait de la musique, à l'orphéon. Toujours souffler dans la musique, ça l'a tué.

— Ça, évidemment. Quand on est malade, il faut se soigner. Il ne faut pas souffler dans un piston [1].

*

La dame qui a l'air de souffrir d'une constipation de trois ans : « Ces Arabes, ça masque leurs filles. Ah ! ils ne sont pas encore civilisés ! »

Peu à peu, elle nous révèle son idéal de civilisation : un mari à 1 200 francs par mois, un appartement de deux pièces, cuisine et dépendances, le cinéma le dimanche et un intérieur Galeries Barbès pour la semaine.

*

L'Absurde et le Pouvoir — à creuser (cf. Hitler).

*

18 mars 41.

Les hauteurs au-dessus d'Alger débordent de fleurs au printemps. L'odeur de miel des roses jaunes coule dans les petites rues. D'énormes cyprès noirs laissent gicler à leur sommet des

1. Notations reprises dans *La Peste*, p. 36, (édit. 1960).

éclats de glycine et d'aubépine dont le cheminement reste caché à l'intérieur. Un vent doux, le golfe immense et plat. Du désir fort et simple — et l'absurdité de quitter tout cela.

*

Santa-Cruz et la montée à travers les pins. L'élargissement continu du golfe jusqu'au sommet d'où la vue se perd sur une immensité. Indifférence — et moi aussi j'ai mes pèlerinages.

*

19 mars.

Chaque année, la floraison des filles sur les plages. Elles n'ont qu'une saison. L'année d'après, elles sont remplacées par d'autres visages de fleurs qui, la saison d'avant, étaient encore des petites filles. Pour l'homme qui les regarde, ce sont des vagues annuelles dont le poids et la splendeur déferlent sur le sable jaune.

*

20 mars.

A propos d'Oran. Ecrire une biographie insignifiante et absurde. A propos de Caïn, l'insignifiant inconnu qui a sculpté les insignifiants lions de la place d'Armes.

*

21 mars.

L'eau glacée des bains de printemps. Les méduses mortes sur la plage : une gelée qui rentre peu à peu dans le sable. Les immenses dunes de sable pâle. — La mer et le sable, ces deux déserts.

*

L'hebdomadaire *Gringoire* demande le transfert des camps de réfugiés espagnols dans l'extrême Sud tunisien.

*

Renoncer à cette servitude qu'est l'attirance féminine.

*

Rosanov. « Michel-Ange, Léonard ont construit. La révolution leur tirera la langue et les égorgera à l'âge de douze ou treize ans, lorsqu'ils manifesteront leur personnalité, leur âme à eux. »

*

« Privé de ce qui est péché, l'homme ne saurait vivre ; il ne vivrait que trop bien privé de ce qui est saint. » — L'immortalité est une idée sans avenir.

*

Çakia-Mouni, de longues années, resta au désert, immobile et les yeux au ciel. Les dieux eux-mêmes enviaient cette sagesse et ce destin de pierre. Dans ses mains tendues et raidies, les hirondelles avaient fait leur nid. Mais un jour elles s'envolèrent pour ne plus revenir. Et celui qui avait tué en lui désir et volonté, gloire et douleur, se mit à pleurer. Les fleurs naissent ainsi des pierres [1].

*

« They may torture, but shall not subdue me. »

*

« L'abbé. — Mais pourquoi ne point vivre, ne point agir avec les hommes ?

Manfred. — Leur existence répugne à mon âme. »

*

Par quoi un cœur se gouverne-t-il ? Aimer ? rien n'est moins sûr. On peut savoir ce qu'est la souffrance d'amour, on ne sait pas ce qu'est

1. Camus a utilisé ce texte dans *Le Minotaure*, p. 62, (éd. 1954).

l'amour. Il est ici privation, regret, mains vides. Je n'aurai pas l'élan ; il me reste l'angoisse. Un enfer où tout suppose le paradis. C'est un enfer cependant. J'appelle vie et amour ce qui me laisse vide. Départ, contrainte, rupture, ce cœur sans lumière éparpillé en moi, le goût salé des larmes et de l'amour.

*

Le vent, une des rares choses propres du monde.

*

Avril. IIe série.

Le monde de la tragédie et l'esprit de révolte — Budejovice (3 actes)[1].

Peste ou aventure (roman).

*

La peste libératrice.

Ville heureuse. On vit suivant des systèmes différents. La peste : réduit tous les systèmes. Mais ils meurent quand même. Deux fois inutile. Un philosophe y écrit « une anthologie des actions insignifiantes ». Il tiendra, sous cet angle, le journal de la peste. (Un autre journal mais sous

1. « Budejovice », premier titre prévu pour *Le Malentendu*.

l'angle pathétique. Un professeur de latin-grec [1]. Il comprend qu'il n'avait pas compris jusque-là Thucydide et Lucrèce.) Sa phrase favorite : « Selon toutes probabilités » : « La compagnie des tramways n'a pu disposer que de 760 ouvriers au lieu de 2 130. Selon toutes probabilités la peste en est responsable. »

Un jeune curé perd sa foi devant le pus noir qui s'échappe des plaies. Il remporte ses huiles. « Si j'en réchappe... » Mais il n'en réchappe pas. Il faut que tout se paye [2].

On emporte les corps dans les tramways. Des rames entières pleines de fleurs et de morts longent la mer. Du coup on licencie des receveurs : les voyageurs ne paient plus.

L'agence « Ransdoc — SVP » donne tous les renseignements au téléphone. « 200 victimes aujourd'hui, Monsieur. Nous vous débitons 2 francs sur votre compte téléphonique. » « Impossible, Monsieur, plus de corbillards avant quatre jours. Voyez la Compagnie des Tramways. Nous débitons... » L'agence fait sa publicité à la radio : « Voulez-vous savoir le nombre quotidien, hebdomadaire, mensuel des victimes de la peste ? Adressez-vous à Ransdoc — 5 lignes de téléphone : 353-91 et suivants. »

On ferme la ville. On meurt en vase clos et

1. Le personnage visé est Stephan, professeur, qui disparaîtra de l'édition définitive.

2. On notera que Camus avait d'abord prévu que Paneloux perdrait la foi. Il en allait encore ainsi dans le premier état de *La Peste*.

dans l'entassement. Un monsieur pourtant qui ne perd pas ses habitudes. Il continue à s'habiller pour le dîner. Un à un, les membres de la famille disparaissent de la table. Lui meurt devant son assiette, toujours habillé. Comme dit la bonne : « C'est toujours ça de gagné. Il n'y a pas besoin de l'habiller. » On ne les enterre plus, on les jette à la mer. Mais il y en a trop, c'est comme une écume monstrueuse sur la mer bleue.

Un homme aime une femme et il lit sur son visage les signes de la peste. Jamais il ne l'aimera autant. Mais jamais elle ne l'a autant dégoûté. Il y a divorce en lui. Mais c'est toujours le corps qui triomphe. Le dégoût l'emporte. Il la prend par une main, la traîne hors du lit, dans la chambre, le vestibule, le couloir de l'immeuble, deux petites rues puis la grande rue. Il la laisse devant un égout. « Après tout, il y en a d'autres. »

A la fin, le personnage le plus insignifiant se décide à parler : « Dans un sens, dit-il, c'est un fléau. »

*

En attendant : plaquette sur Oran. Les Grecs.

*

Tout l'effort de l'art occidental est de proposer des types à l'imagination. Et l'histoire de la littérature européenne ne semble pas être autre chose qu'une suite de variations sur ces types et ces thèmes donnés. L'amour racinien est une variation sur un type d'amour qui n'a peut-être pas cours dans la vie. C'est une simplification : un style. L'Occident ne retrace pas sa vie quotidienne. Il se propose sans arrêt de grandes images qui l'enfièvrent. Il est à leur poursuite. Il veut être Manfred ou Faust, Don Juan ou Narcisse. Mais l'approximation reste toujours vaine. C'est toujours la fièvre d'unité qui entraîne tout. En désespoir de cause, on a inventé le héros de cinéma.

*

Les dunes devant la mer — la petite aube tiède et les corps nus devant les premières vagues encore noires et amères. L'eau est lourde à porter. Le corps s'y retrempe et court sur la plage dans les premiers rayons de soleil. Tous les matins d'été sur les plages ont l'air d'être les premiers du monde. Tous les soirs d'été prennent un visage de solennelle fin du monde. Les soirs sur la mer étaient sans mesure. Les journées de soleil sur les dunes étaient écrasantes. A deux heures de l'après-midi, cent mètres de marche sur le sable brûlant donnent l'ivresse. On va tomber tout à l'heure. Ce soleil va tuer. Le matin, beauté des corps bruns sur les dunes blondes. Terrible innocence de ces jeux et de ces nudités dans la lumière bondissante.

La nuit, la lune fait les dunes blanches. Un peu auparavant, le soir accuse toutes les couleurs, les fonce et les rend plus violentes. La mer est outremer, la route rouge, sang caillé, la plage jaune. Tout disparaît avec le soleil vert, et les dunes ruissellent de lune. Nuits de bonheur sans mesure sous une pluie d'étoiles. Ce qu'on presse contre soi, est-ce un corps ou la nuit tiède ? Et cette nuit d'orage où les éclairs couraient le long des dunes, pâlissaient, mettaient sur le sable et dans les yeux des lueurs orange ou blanchâtres. Ce sont des noces inoubliables. Pouvoir écrire : j'ai été heureux huit jours durant.

*

Il faut payer et se salir à l'abjecte souffrance humaine. Le sale, répugnant et visqueux univers de la douleur.

*

« Une plainte mêlée de sanglots règne seule sur la mer au large, jusqu'à l'heure où la nuit au sombre visage vient tout arrêter. » (Les Perses — bataille de Salamine.)

*

En 477, pour consacrer la confédération de Délos, on jetait des blocs de fer au fond de la mer. Le serment d'alliance devait être tenu aussi longtemps que le fer resterait au fond de l'eau.

*

On n'a pas assez senti en politique combien une certaine égalité est l'ennemie de la liberté. En Grèce, il y avait des hommes libres parce qu'il y avait des esclaves.

*

« C'est toujours un grand crime de détruire la liberté d'un peuple sous prétexte qu'il en fait un mauvais usage. » (Tocqueville.)

*

Le problème en art est un problème de traduction. Les mauvais écrivains : ceux qui écrivent en tenant compte d'un contexte intérieur que le lecteur ne peut pas connaître. Il faut être deux quand on écrit : La première chose, une fois de plus, est d'apprendre à se dominer.

*

Manuscrits de guerre, de prisonniers, de combattants. Ils sont tous passés à côté d'expériences indicibles et n'en ont rien tiré. Six mois dans une administration des postes ne les auraient pas moins enseignés. Ils répètent les journaux. Ce qu'ils y ont lu les a bien plus frappés que ce qu'ils ont vu de leurs yeux.

*

« Voici le moment de prouver par des actes que la dignité de l'homme ne le cède pas à la grandeur des dieux. » (Iphigénie en Tauride.)

*

« Je veux l'empire, la possession. L'action est tout, la gloire n'est rien. » (Faust.)

*

Pour l'homme sage, le monde n'est pas secret, qu'a-t-il besoin de s'égarer dans l'éternité ?

*

La volonté aussi est une solitude.

*

Liszt de Chopin : « Il ne se servait plus de l'art que pour se donner à lui-même sa propre tragédie. »

*

Septembre.

On règle tout : C'est simple et évident. Mais la souffrance humaine intervient, qui change tous les plans.

*

Vertige de se perdre et de tout nier, de ne ressembler à rien, de briser à jamais ce qui nous définit, d'offrir au présent la solitude et le néant, de retrouver la plate-forme unique où les destins à tout coup peuvent se recommencer. La tentation est perpétuelle. Faut-il lui obéir ou la rejeter ? Peut-on porter la hantise d'une œuvre au creux d'une vie ronronnante, ou faut-il au contraire lui égaler sa vie, obéir à l'éclair ? Beauté, mon pire souci, avec la liberté.

*

J. Copeau. « Aux grandes époques, ne cherchez pas le poète dramatique dans son cabinet. Il est sur le théâtre, au milieu de ses acteurs. Il est acteur et metteur en scène. »

Nous ne sommes pas une grande époque.

*

Sur le théâtre grec :

G. Meautis : Eschyle et la Trilogie
L'aristocratie athénienne.
Navarre : Le théâtre grec.

*

Dans la pantomime, les comédiens routiers utilisent un langage incompréhensible (esperanto de la farce) non pour le sens mais pour la vie.

Chancerel insiste justement sur l'importance du mime. Le corps dans le théâtre : tout le théâtre français contemporain (sauf Barrault) l'a oublié.

*

Constitution des Zibaldone dans la Commedia dell'Arte. (Louis Moland : *Molière et la Comédie italienne.*) (Rideau en étoffes appliquées.)

Molière, mourant, se fait porter au théâtre, ne voulant pas priver du gain de la représentation comédiens, musiciens, machinistes « qui n'avaient que leur salaire pour vivre ».

Le livre de Chancerel intéressant malgré un défaut : risque de décourager. Significatif de voir aussi un homme préoccupé de l'influence morale du théâtre conseiller cependant un répertoire où figurent les élizabéthains. On a perdu l'habitude de cette intelligence.

*

Opinion de Nicolas Clément, bibliothécaire de Louis XIV, sur Shakespeare : « Ce poète anglais a l'imagination assez belle, il s'exprime avec finesse ; mais ces belles qualités sont obscurcies par les ordures qu'il mêle à ses comédies. »

Ce grand siècle n'a été tel que par une mutilation de l'âme et de l'esprit dont Clément fait la preuve. Pendant ce temps, le poète anglais écrivait magnifiquement de Richard II :

« Parlons de tombeaux, de vers et d'épitaphes. » Et Webster : « Un homme est comme de la casse ; pour qu'il dégage son odeur il faut le broyer. »

*

Les masques, divertissement de circonstance. Les danseurs traçaient sur le plancher, par leurs pas, les initiales des nouveaux mariés en l'honneur desquels la fête était donnée.

*

« Oh ! no, there is not the end ; the end is death and madness ». (Kyd : *La Tragédie espagnole*) et à trente ans Marlowe meurt d'un coup de poignard au front, assassiné par un flic.

53 pièces manuscrites de la collection Warburton (Philipp Massinger et Fletcher) brûlées par

un cordon bleu qui en entourait ses pâté[s]
la conclusion.

*

Cf. Georges Conne : *Le Mystère shakespearien* (Boivin)
Etat présent des études shakespeariennes (Didier).

*

Octobre.

Peste. Bonsels, p. 144 et 222.

1342 — Peste noire sur l'Europe. On assassine les Juifs.

1481 — Peste ravage le Sud de l'Espagne. L'inquisition dit : Les Juifs. Mais la peste fait mourir un inquisiteur.

*

Au IIe siècle, discussions sur l'apparence personnelle de Jésus. Saint Cyrille et saint Justin : pour donner tout son sens à l'incarnation, il fallait qu'il eût un aspect abject et répugnant. (Saint Cyrille : « le plus affreux des fils des hommes. »)

Mais l'esprit grec : « S'il n'est pas beau, il n'est pas Dieu. » Les Grecs ont vaincu.

*

Sur les Cathares : Douais : *Les Hérétiques du Midi au XIIIe siècle.*

*

La hermosa Sembra. Dénonce son père qui complote contre l'Inquisition, car elle a un amant castillan et ils sont « conversos ». Elle entre au couvent. Mangée de désirs, elle le quitte. A plusieurs enfants. Enlaidit. Meurt sous la protection d'un épicier — demande que son crâne soit placé au-dessus de la porte de sa maison pour rappeler sa mauvaise vie. A Séville.

*

C'est Alexandre Borgia qui est le premier à contrer Torquemada. Trop averti et trop « distingué » pour supporter cette fureur.

*

Voir Herder. Idées pour servir à une philosophie de l'Histoire de l'Humanité.

*

Ceux qui ont créé en pleines périodes de

troubles : Shakespeare, Milton, Ronsard, Rabelais, Montaigne, Malherbe.

*

En Allemagne, le sentiment national, à l'origine, fait défaut. Ce qui en a tenu lieu, c'est une conscience de race créée de toutes pièces par ses intellectuels. *Bien plus virulent.* Ce qui intéresse l'Allemand, c'est la politique étrangère — le Français, c'est la politique intérieure.

*

De la monotonie.

Monotonie des derniers ouvrages de Tolstoï. Monotonie des livres hindous — monotonie des prophéties bibliques — monotonie du Bouddha. Monotonie du Coran et de tous les livres religieux. Monotonie de Nietzsche — de Pascal — de Chestov — terrible monotonie de Proust, du marquis de Sade, etc., etc...

*

Au siège de Sébastopol, Tolstoï saute des tranchées et fuit vers le bastion sous le feu nourri de l'ennemi : il avait une horrible peur des rats et venait d'en apercevoir un.

*

La politique ne peut jamais être l'objet de poésie (Gœthe).

A ajouter à l'Absurde citation de Tolstoï comme modèle de logique illogique :

« Si tous les biens terrestres pour lesquels nous vivons, si toutes les jouissances que nous procure la vie, la richesse, la gloire, les honneurs, le pouvoir, nous sont ravis par la mort, ces biens n'ont aucun sens. Si la vie n'est pas infinie, elle est tout simplement absurde, elle ne vaut pas la peine d'être vécue et il faut s'en débarrasser le plus vite possible par le moyen du suicide. » (*Confession.*)

Mais, plus loin, Tolstoï rectifie : « L'existence de la mort nous oblige soit à renoncer volontairement à la vie, soit à transformer notre vie *de manière à lui donner un sens que la mort ne peut lui ravir.* »

*

Peur et douleur : les plus passagères des émotions, dit Byrd[1]. Dans la solitude absolue du Nord, il s'aperçoit que le corps a des besoins aussi exigeants que l'esprit : « Il *ne peut pas se passer* des sons, des odeurs et des voix. »

1. L'explorateur des mers arctiques.

*

T. E. Lawrence rengageant après la guerre comme *simple soldat* et sous un faux nom. Il faut voir si l'anonymat apporte ce que la grandeur n'a pu donner. Il refuse les décorations du roi, donne sa croix de guerre à son chien. Il envoie anonymement ses manuscrits aux éditeurs qui les refusent. Accident de motocyclette.

D'où définition d'A. Fabre-Luce : Le surhomme se reconnaît à la rigueur avec laquelle il s'enferme dans l'histoire et à la liberté intérieure qu'il prend vis-à-vis d'elle.

*

A la relecture : les Cahiers de Malte Lauris Brigge : livre insignifiant. Le responsable : Paris. C'est une défaite parisienne. Une infection parisienne non surmontée. Ex. : « Le monde considère le solitaire comme un ennemi. » Erreur, le monde s'en fout, et c'est bien son droit.

La seule chose valable : l'histoire d'Arvers qui au moment de mourir corrige une faute de français : « Il faut dire « collidor ». »

*

Comme dit Newton : en y pensant toujours.

*

Jean Hytier [1], du dramaturge : « Il fait ce qu'il veut à condition de faire ce qu'il faut. »

*

Pour Montherlant (la décadence de la chevalerie par les femmes). Jehan de Saintré, p. 108. MA. LF.

*

Pierre de Larrivey : traducteur. *Les Esprits,* traduction de Lorenzino de Médicis — Saint-Evremond [2].

*

Tous les caps de la côte ont l'air d'une flottille en partance. Ces vaisseaux de roc et d'azur tremblent sur leur quille comme s'ils se préparaient à cingler vers des îles de lumière. L'Oranie tout entière est prête au départ, et tous les jours, à midi, un frémissement d'aventure la parcourt. Un matin peut-être nous partirons ensemble.

1. Jean Hytier collabora avec Albert Camus à la revue *Rivages* (1939).
2. Première allusion aux *Esprits* que Camus adapta en 1940, fit représenter en 1946, en Algérie, pour les mouvements de culture et d'éducation populaires et qu'il refondit en 1953 pour le Festival d'Angers.

[1939-1942]

*

Dans la pleine chaleur sur les dunes immenses, le monde se resserre et se limite. C'est une cage de chaleur et de sang. Il ne va pas plus loin que mon corps. Mais qu'un âne braie au loin, les dunes, le désert, le ciel reçoivent leur distance. Et elle est infinie.

*

Essai sur tragédie.
I. Le silence de Prométhée
II. Les élizabéthains
III. Molière
IV. L'esprit de révolte.

*

Peste. « J'ai envie d'une chose qui soit juste. » — « Voilà justement la peste. »

*

« La nuit, une « vraie nuit », combien d'hommes la connaissent maintenant ? Les eaux et la terre, le silence revenu. « Et mon âme elle aussi est une fontaine jaillissante. » Ah ! que le monde s'éloigne, que le monde se taise. Là-bas, au-dessus de Pollensa... »

Rompre avec ce cœur vide — refuser tout ce qui le dessèche. Si les eaux vives sont ailleurs, pourquoi me maintenir ?

*

A un certain moment on ne peut plus éprouver l'émotion de l'amour. Il ne reste que le tragique. Vivre pour quelqu'un ou quelque chose n'a plus de sens. On ne peut plus en trouver *qu'à la pensée* de mourir pour quelque chose.

*

Un Spartiate se voit infliger un blâme public par un éphore parce qu'il avait un trop gros ventre.

Un dicton athénien rejetait au dernier rang des citoyens celui qui ne savait ni lire ni nager.

Voir Alcibiade selon Plutarque : « A Sparte, homme de gymnase, frugal, austère ; en Ionie, délicat et oisif ; en Thrace, aimant à boire ; en Thessalie, toujours à cheval ; chez le satrape Tissapherne, surpassant tout le luxe persan par sa dépense et son faste. »

*

Un jour que le peuple l'applaudissait :

« Aurais-je proféré quelque sottise ? » dit Phocion [1].

*

Décadence ! Les discours sur la décadence ! Le IIIe siècle avant Jésus-Christ est un siècle de décadence pour la Grèce. Il donne au monde la géométrie, la physique, l'astronomie et la trigonométrie avec Euclyde, Archimède, Aristarque et Hipparque.

*

Il y a encore des gens pour confondre l'individualisme et le goût de la personnalité. C'est mêler deux plans : le social et le métaphysique. « Vous vous dispersez. » Aller de vie en vie, c'est n'avoir pas de figure propre. Mais avoir une figure propre, c'est une idée particulière à une certaine forme de civilisation. Cela peut paraître à d'autres le pire des malheurs.

*

Contradiction dans le monde moderne. A Athènes, le peuple ne pouvait vraiment exercer son pouvoir que parce qu'il y consacrait la plus grande partie de son temps, et des esclaves, tout

1. Phocion général, orateur et homme d'État athénien du IVe siècle. Chef du parti aristocratique, il cultivait volontiers l'impopularité.

le jour, faisaient les travaux qui restaient à faire. A partir du moment où l'esclavage est supprimé, on met tout le monde au travail. Et c'est à l'époque où la prolétarisation de l'Européen est le plus avancée que l'idéal de souveraineté populaire se fait le plus fort : cela est impossible.

*

Trois acteurs seulement dans le théâtre grec : il ne s'agit pas de créer un *personnage.*

A Athènes, le spectacle est une chose grave : les représentations ont lieu deux ou trois fois par an. A Paris ? Et ils veulent retourner à ce qui est mort ! Créez plutôt vos propres formes.

*

« Il n'y a chose si innocente où les hommes ne puissent porter du crime. » (Molière, Préface à *Tartuffe*.)

*

Voir dernière scène de l'acte I de *Tartuffe* : « relève l'intérêt et le tient en suspens » : la suite à vendredi prochain.

Solon fait l'œuvre qu'on lui connaît et, dans sa vieillesse, il immortalise son œuvre par la poésie.

*

Thucydide fait dire à Périclès que ce qui est particulier aux Athéniens « c'est d'avoir une extrême audace et, cependant, de bien peser leurs entreprises ».

Les trières victorieuses à Salamine étaient conduites par les Athéniens *les plus misérables.*

Cf. Cohen : « Athènes ne posséda de théâtre digne de ce nom qu'à partir du moment où elle n'eut plus de poète digne de l'animer. »

*

O. Flake sur Sade[1] : « Aucune valeur n'est stable pour qui ne peut s'incliner devant elle. Sade ne voit pas la raison pour laquelle il s'inclinerait, il a longtemps cherché cette raison et ne la trouvait pas. » Selon Sade, l'homme sans grâce est irresponsable.

Cf. la mathématique du mal dans Juliette.

Le monomane de la révolte contre la loi fondamentale qui reconnaît la même raison d'être à esprit et sexualité. Pour finir à Charenton, persécuté et sain d'esprit, il fait jouer aux fous des représentations où il dirige tout : Tableau.

« Il a forgé des cruautés qu'il n'a point vécues

1. Camus traitera de Sade dans *L'Homme révolté*, p. 55 à 67.

et n'aurait pas voulu vivre — pour entrer en contact avec de grands problèmes. »

*

Moby Dick et le symbole[1], p. 120, 121, 123, 129, 173-177, 203, 209, 241, 310, 313, 339, 373, 415, 421, 452, 457, 460, 472, 485, 499, 503, 517, 520, 522.

Les sentiments, les images multiplient la philosophie par dix.

*

A Athènes on ne s'occupait des morts que pendant les Anthestéries. Une fois finies : « Allez-vous-en, les âmes, les Anthestéries sont finies. »

Primitivement, dans la religion grecque, tout le monde est aux Enfers. Il n'y a pas de récompense ni de châtiment — et dans la religion juive. C'est une raison sociale qui fait naître l'idée de récompense.

*

404. Athènes ayant signé armistice avec Lysandre, la fin de la guerre du Péloponèse est marquée par l'assaut que Lysandre donne aux murs d'Athènes au son des flûtes.

1. Lectures pour *La Peste*.

*

La belle histoire de Timoléon, tyran de Syracuse (il avait saisi son père pour le faire tuer comme traître à la patrie). (P. 251, 2, 3.)

*

Au IVe siècle, dans certaines cités grecques, les oligarques prêtaient ce serment :

« Je serai toujours l'ennemi du peuple et je conseillerai ce que je saurai lui être nuisible. »

La fuite de Darius poursuivi par Alexandre (293-4).

Les noces de Suse : 10 000 soldats, 80 généraux et Alexandre s'unissent à des Perses.

*

Démétrios Poliorcète[1] — tantôt au sommet du trône, tantôt errant de village en village.

Antisthène[2] : « C'est chose royale de faire le bien et d'entendre dire du mal de soi. »

1. Démétrios Poliorcète (337-283 avant notre ère) : fils d'Antigone le Borgne et neveu d'Alexandre ; aventurier macédonien qui fut un temps maître d'Athènes, puis de la Macédoine, avant de perdre toutes ses possessions et de finir emprisonné.

2. Antisthène (444-365 avant notre ère) : ancien élève de Socrate et de Gorgias, il fut l'un des fondateurs de l'école dite cynique.

*

Cf. Marc-Aurèle : « Partout où l'on peut vivre, on y peut bien vivre. »

« Ce qui arrête un ouvrage projeté devient l'ouvrage même. »

Ce qui barre la route fait faire du chemin.

Terminé février 1942.

ŒUVRES D'ALBERT CAMUS

nrf

Récits-Nouvelles

L'ETRANGER.
LA PESTE.
LA CHUTE.
L'EXIL ET LE ROYAUME.

Essais

NOCES.
LE MYTHE DE SISYPHE.
LETTRES A UN AMI ALLEMAND.
ACTUELLES, chroniques 1944-1948.
ACTUELLES II, chroniques 1948-1953.
CHRONIQUES ALGÉRIENNES, 1939-1958 (*Actuelles III*).
L'HOMME RÉVOLTÉ.
L'ETÉ.
L'ENVERS ET L'ENDROIT.
DISCOURS DE SUÈDE.

Théâtre

LE MALENTENDU — CALIGULA.
L'ETAT DE SIÈGE.
LES JUSTES.

Adaptations et Traductions

LES ESPRITS, de Pierre de Larivey.
LA DÉVOTION A LA CROIX, de Pedro Calderon de la Barca.
REQUIEM POUR UNE NONNE, de William Faulkner.
LE CHEVALIER D'OLMEDO, de Lope de Vega.
LES POSSÉDÉS, d'après le roman de Dostoïevski.

ACHEVÉ D'IMPRIMER
EN MAI 1962 PAR
EMMANUEL GREVIN et FILS
A LAGNY-SUR-MARNE

Dépôt légal : 2e trimestre 1962.
N° d'Éd. 8858. — N° d'Imp. 7008.

Imprimé en France.